Joachim Masannek

2.01 DONNERSCHLAG

Dieser Titel ist auch als E-Book erschienen.

Baumhaus Verlag in der Bastei Lübbe GmbH & Co. KG
Originalausgabe

Lektorat: Barbara van den Speulhof
Umschlaggestaltung: Christin Wilhelm, www.grafik4u.de,
unter Verwendung einer Illustration von Mike Maurus
Satz: Jutta Hohl-Wolf, www.buero86.de
Gesetzt aus der ITC Officina
Druck und Einband: GGP Media GmbH, Pößneck

Printed in Germany
ISBN 978-3-8339-0082-2

5 4 3 2

Sie finden uns im Internet unter www.baumhaus-verlag.de
Bitte beachten Sie auch www.luebbe.de

Joachim Masannek

2.01 DONNERSCHLAG

DIE WILDEN KERLE

Illustrationen
Mike Maurus

Baumhaus

INHALT

DER LOCKRUF

Willst du es wissen?
Willst du wissen, ob du stark genug bist?
Stark genug, um deinen Traum zu leben?
Dann wag dich nach *Donnerschlag*.
Donnerschlag, hörst du?!
Denn das ist der Ort, an dem sich dein Schicksal entscheidet.
Dort wirst du siegen, ja siegen!
Oder
für immer untergehen.

DORNRÖSCHENSCHLAFTRÄUME

„Das Leben ist ein langer ruhiger Fluss!"

Das sagt meine Mutter immer, wenn die Pferde mit mir durchgehen und sie mich beruhigen will. Doch ich heiße Nerv, und das ist mein Schicksal:

Meine Mutter ist die Hexe von Bogenhausen, und wenn das Leben ein langer ruhiger Fluss ist, bin ich eine Fliege. Eine Fliege, die mit ihren sechs Beinen, den Flügeln und ihrem allerwertesten Popo in einem Glas Honig feststeckt, während draußen vor ihrer Nase der Grizzlybär rockt.

Also vergesst alles, was ruhig ist! Besonders den Fluss! Kommt mit mir mit. Lasst uns durch Stromschnellen raften und ein paar Wasserfälle hinabspringen. Lasst uns den rockenden Bär dabei als Kanu benutzen und das Leben in vollen Zügen genießen. Denn das ist es wert!

Es sei denn, ihr zieht es vor, euer Dasein ab jetzt als heimliche Kopfkissenzipfellutscher unter der Bettdecke eurer Mutter zu fristen. Aber dort verpasst ihr dann das:

Den Klassiker. Ich rede von *dem* Klassiker. Dem Klassiker der Klassiker in der Dimension 8, der Liga der wildesten Fußballmannschaft der Welt. Die Kerle gegen den Turnerkreis. Und das noch im *Teufelstopf*. Im Hexenkessel aller Hexenkessel. Im Herzen des Wilde Kerle Lands.

Erinnert ihr euch etwa nicht mehr an die erste Saison? Ich meine den Tag, an dem der Turnerkreis im letzten Spiel der Hinrunde die beste Mannschaft der Welt mit vier zu drei besiegte. Als er sie für immer und ewig und sechs unaufholbare Punkte zurück auf den zweiten Platz verbannte. Nein? Dann lasst euch das mal von Raban erzählen. So wie er es mir erzählt hat. Als die stahlgrauen Spieler die Sturmwolken hinter sich herzogen, um mit ihnen den Indianersommerhimmel über dem *Teufelstopf* zu verbarrikadieren.

Oder fragt Rocce über die Revanche im Betonkrater am Rande der Stadt. Im Novemberwindstadion des Turnerkreises, in dem die Wilden Kerle die Stahlgrauen gleich zweimal besiegten. Einmal mit und einmal ohne Annika. Die Drachenreiterin, die damals als vierzehntes und letztes Mannschaftsmitglied zu den Kerlen stieß und die ihnen nicht nur zur ersten Meisterschaft, sondern auch zu den legendären Schwungradturbos an ihren noch legendäreren Fahrrädern verhalf.

Genau dieser Turnerkreis fegte jetzt durch den *Teufelstopf* und blies den Wilden Kerlen um Leon, den Slalomdribbler, Torjäger und Blitzpasstorvorbereiter, und seinem um ein Jahr älteren Bruder Marlon, der Nummer 10, die Staubkörner ins Gesicht.

Doch die beiden liebten den Sturm. So wie Vanessa ihn liebte, wenn sie weit auf Rechtsaußen ihre langen Karibik-Sonnenuntergangs-Haare als Kometenschweif hinter sich herzog. Wenn Juli „Huckleberry“ Fort Knox, die Viererkette in einer Person, seine Mütze festhalten musste, aus deren von tausend Spielen gegerbtem Schirm schon der Pappendeckel hervorzulugen begann. Wenn Maxi „Tippkick“ Maximilian, der Mann mit dem härtesten Bumms der Welt, seinen Trippel M. S., den Mega-Mörser-Monster-Schuss gegen den Wind stellte. Und wenn Raban, der Held, – so wie jetzt – Maxis Steilpass dann folgte. Wenn er, der längst keinen falschen Fuß mehr besaß, von links in den Strafraum des Turnerkreises stieß. Wenn er das Leder dort mit dem Hinterkopf auf den Elfmeterpunkt lenkte, auf dem Leon schon wartete. Und der drehte sich jetzt mit dem Rücken zum Tor. Er hob seine Arme wie Adlerschwingen. Sie fingen den Wind ein und auf ihm erhob sich die Nummer 13 hoch in die Luft. Er holte entschlossen mit dem linken Bein Schwung und riss dann mit dem rechten die Sturmwolken auf, indem er den Ball mit einem Briefmarken-Besenschrank-Fallrückzieher in den linken Winkel katapultierte.

Ich sprang von der Sessellehne auf das rote Plüschsofa und schlug dabei einen Salto rückwärts. Ich streckte die Arme aus. Ich ballte die Fäuste. Ich schrie: „Heiliger Santa und Panther im Krumpenkrautrüben gekrächzten Muckefuckhimmel!“ Ich war hundeglücklich. Ich lag auf dem Rücken und strahlte als einziger Zuschauer auf der aus Sesseln und Sofas gebauten Tribüne durch die aus dem Polster gesprungene Feder aufs Spielfeld hinab. Dort feierten meine Idole das drei zu null. Verflixt, ihr habt richtig gehört. Es stand, Schwarz gegen Stahlgrau, drei zu null, und das nach gerade mal sieben Minuten.

Ja, und es ging direkt weiter. Markus, der Unbezwingbare, fischte den Fernschuss des verzweifelten Turnerkreisspielmachers aus dem oberen Eck. Er rollte im Fallen ab, sprang sofort auf und dachte gar nicht daran, einen auf „Oh-hab-ich-da-gerade-eben-nicht-echt-cool-gehalten“ zu machen. Sondern er warf den Ball sofort in den Lauf der nachtschwarzen 99, und Raban war wieder einmal mein Held. Mit einer simplen Körpertäuschung ließ er den ersten Stahlgrauen links an sich vorbei ins Seitenaus taumeln. Den zweiten verwandelte er mit einem doppelten Übersteiger und einem rotzfrechen Durch-die-Beine-Tunnelpass in einen tasmanischen Teufels-kreisel, der schwindelig und belämmert zuschauen musste, wie Rabans Pass Leon erreichte.

Der Mittelstürmer der Kerle wurde vom Sohn des Turner-kreistrainers verfolgt. Doch bevor dieser über die Dimension 8 hinaus bekannte Knochenbrecher Leons Beine wegsäbeln konnte, kickte der den Ball mit der Hacke. Er sprang über die Sensenbeine seines Gegners hinweg und zog gleichzeitig den Kopf ein. So konnte Marlons Pass über ihn hinwegsausen und zu Vanessa gelangen.

Die Unerschrockene rannte auf rechts. Sie erwischte den Ball an der Eckfahne volley und drosch ihn in den Rücken der Turnerkreisabwehr. Die schlidderte sechsbeinig über den sandigen Boden und sah aus schreckgeweiteten Augen Maxi „Tippkicks“ Meisterwerk. Der traf den Ball aus vollem Lauf und donnerte ihn vom Rand des Sechseners wie an der Schnur gezogen zwei Staub aufkräuselnde Fingerbreit über den nicht mehr vorhandenen Rasen aufs Tor. Dort barsten die Fäuste des stahlgrauen Keepers. Sie lenkten den Ball gegen den rechten Pfosten und von da prallte die Kugel zurück gegen die Nase des Torwarts. Der schrie vor Wut auf und wurde dann wehrlos und blutbeschmiert Zeuge, wie das eirig spinnende Leder über die Linie torkelte.

„Vier zu nuuuhhhhl!“ Ich tanzte vor Freude auf dem Sofa. „Hey Willi! Hast du das gerade gesehen? Das war barcelonisch-sommermärchenhaft-schön!“ Ich hüpfte über drei Sessel hinunter zu ihm an den Spielfeldrand: „Und das ist der Turnerkreis. Das einzige Team, das uns in der Dimension 8 noch gefährlich werden kann.“

Ich strahlte ihn an: Willi war der beste Fußballtrainer der Welt. Auch wenn er nicht immer so aussah. Und das war ganz besonders heute der Fall. Sein Hut war zerknittert, als hätte er ihn in der Nacht als Kopfkissen benutzt. Das rot-weiß gepunktete Hemd hing ihm aus der Nadelstreifenhose. Die weißen Punkte hatten sich hinter kaffeebraunen Flecken versteckt und die Zehen lugten dafür vorn aus den Schlangenlederstiefeln heraus.

„Hey Willi! Das war ein Triple M.S., wie er im Lehrbuch steht!“, rief ich und tanzte um den Trainer herum.

Doch meine Wilden Kerle ließen mir dafür nicht viel Zeit. Vanessa köpfte den Ball, noch während ich „Lehrbuch“ sagte, zum fünf zu null ein. Und als ich deshalb vor Freude über die 13 Sofas und 15 Sessel der Haupttribüne wie über Trampoline hüpfte, erhöhten Juli und Marlon auf sechs und sieben.

Beim rockenden Grizzly! Das war mein Team, und mein sehnlichster Wunsch war es, einmal einer von ihnen zu werden. Versteht ihr das alle? Davon träumte ich jede Nacht und das jetzt schon seit anderthalb langen Jahren. Ich fläzte mich in einen Sessel, streckte vergnügt die Beine aus und sah dabei zu, wie die Kerle verschnauften. Sie schraubten das Tempo etwas herunter, sodass es zur Pause „nur" elf zu null stand. Aber vielleicht hatte Willi noch mehr Tore erwartet. Denn als Edgar, der Pinguin, der Butler von Markus' Eltern und das Ehrenmitglied der Wilden Kerle e.W., die zweite Halbzeit anpfiff, lag der beste Trainer der Welt schnarchend im Schaukelstuhl vor seinem Kiosk. Der stand in der hintersten Ecke des *Teufelstopfes* und duckte sich dort alt und baufällig an den Bretterzaun, der das Stadion wie eine windschiefe und löcherige Zahnreihe umschloss.

DER SEITFALLFLUGVOLLEY-DAMPFHAMMER-BOOSTER

„Hey Marlon!“, rief Leon und grinste seinen um ein Jahr älteren Bruder an. „Hörst du das Sägewerk? Willi wird alt!“

Das Schnarchen ihres Trainers ließ die Planken im losen Bretterzaun zittern, und als Marlon das sah, wurde er für einen Augenblick ernst. Seine Augen verdunkelten sich, wie sich die Sonne verdunkelt, wenn sich eine erste Gewitterwolke, die sich klammheimlich über den sonst so blauen Himmel geschlichen hat, plötzlich vor sie schiebt.

Für einen Moment sah er den *Teufelstopf* nicht mehr als das stolze Stadion, sondern als eine langsam in sich zusammenfallende, alte Ruine. Ihm schien es, als hätte er eine böse Vision. Eine schreckliche Eingebung. Doch dann lief Vanessa an ihm vorbei und das strahlende Lächeln in ihren fast schwarzen Augen holte den Wilden Kerl sofort wieder in die Wirklichkeit zurück. Er wischte sich die Gewitterwolke aus dem Gesicht, sah noch einmal zum schnarchenden Willi und wandte sich dann an seinen Bruder.

„Genau“, sagte Marlon. „Ganz offensichtlich scheinst du Willi zu langweilen. Dann zeig ihm doch mal, was in einem

Wilden Kerl steckt!“ Er schenkte Leon ein listiges Grinsen und schob ihm den Ball vom Anstoßpunkt zu.

Sofort war ich wach. Die zweite Halbzeit hatte begonnen und sie war wie ein Lieblingsfilm. Ich meine einen Film, den man sich nicht oft genug anschauen kann, auch wenn man jede Szene bereits in- und auswendig kennt. Leon passte blitzschnell zu Maxi zurück. Der spielte direkt und schickte Raban auf links tief in die Hälfte des Turnerkreises hinein. Ja, und verflixt, Raban war einfach mein Held. Der Kerl, der seine Coca-Cola-Glas-Brille inzwischen wie einen Orden trug, pflückte den Ball im Lauf aus der Luft, köpfte ihn über den ihn attackierenden Verteidiger, rutschte durch dessen Beine hindurch und schlug das Leder im Rücken des verdatterten Turnerkreisspielers mit einem Scherenschlag in den Strafraum hinein. Dort sauste Juli „Huckleberry“ Fort Knox, die Viererkette in einer Person, der in diesem Spiel so gut wie arbeitslos war, wie ein Torpedo über den Boden. Er presste die karierte Schirmmütze mit einer Hand auf den Kopf, hob die andere schon zum Victory-Zeichen und rammte die Kugel mit seinem Tieffliegerflugkopfball unhaltbar ins Netz. Das bauschte sich auf, so wie sich nur ein Tornetz aufbauschen kann: schmetterlingsflügel-traumwolken-weich.

Und dieses einzigartige Gefühl, das man dabei im Bauch empfindet – im Bauch, an den Schläfen, auf der Stirn und den Augen –, spürte ich an diesem Tag noch ein Dutzend Mal.

Dreiundzwanzig zu null führten die Kerle, als der mehldampfgenudelte Schwabbelbauchsohn des Turnerkreistrainers vor lauter Frust sein Sichelbein schwang und Leon aus vollem Lauf fällte. Der Mittelstürmer schrie nur einmal kurz auf. Dann wälzte er sich stumm auf dem Boden. Er versuchte vergeblich aufzustehen, und ich hielt die Luft an.

„Komm schon! Steh auf!", flüsterte ich meinen sehnlichsten Wunsch: „Du bist Leon, der Slalomdribbler! Du bist der Boss!"

Doch Leon kroch stöhnend zum Spielfeldrand.

„Willi!“, rief ich. „Wir müssen wechseln. Wer soll ins Spiel?“

Doch Willi verschluckte sich nur einmal beim Schnarchen. Dann sägte er weiter und die Ersatzbank war leer. Ja, verflixt, ihr habt richtig gehört. Die Bank war kaputt. Es gab sie nicht mehr. Sie lag in der Mitte auseinandergebrochen am Spielfeldrand und ich sah es in diesem Moment noch einmal vor meinem geistigen Auge, wie es damals passiert war:

Jojo sprang hoch. ‚Der mit der Sonne tanzt' ballte die Fäuste und reckte die Arme, als Leon vor knapp einem Jahr das dreizehn zu null gegen die Sollner Spielvereinigung schoss. Das war unser bis dahin höchster Sieg. Und deshalb sprang Jojo so hoch wie noch nie. Die Sonne, die schon tief hinter dem Bretterzaun stand, traf sein Gesicht. Sie verwandelte sein Lachen in purpurnes Gold, und so lachte er immer noch, als er beim Landen durch die Bank brach und auf seinen Hintern baunzte. Aber Jojo erschrak nicht. Er lachte vor Glück und wir lachten alle mit ihm zusammen.

Doch jetzt war er weg. Jojo gehörte nicht mehr zu den Kerlen und deshalb rannte ich zur Bank. Ich sprang auf die Seite, die noch aus dem Boden ragte, und schwenkte die Arme über dem Kopf.

„Hey, ich kann doch spielen. Ich springe ein. Ich spiele für Leon! Marlon! Vanessa!“

Buddha-gemoppelter-Wonnebauch! Das war mein Tag. Mein Traum würde wahr werden. Ich, der ewige Zaungast und

Zuschauer, würde endlich ein Wilder Kerl werden dürfen, und ich leuchtete deshalb wie eine chinesische Glückslaterne. Ja, verflixt, aber Marlon und Vanessa schauten mich an, als würden sie mich zum ersten Mal sehen. Sie waren doch so viel älter als ich: gigantische dreizehn und ich war erst acht. Lausig-mickrige acht Jahre alt.

„Und wo ist dein Spielerpass?", rief der Trainer des Gegners. „Ist so was wie du überhaupt registriert? Bist du schon geboren?"

Die Turnerkreisspieler lachten scheppernd und fies. Sie schütteten ihren gesamten Frust über mich. Den Frust und die Häme der fast zwei Dutzend Tore, die sie an diesem Tag hatten einstecken müssen.

Und ich spürte, wie die Bankhälfte unter mir brach. Ich dotzte mit dem Po auf den Boden und hörte das stahlgraue Lachen. Das hatte überhaupt nichts mehr mit Jojo, dem purpurnen Sonnenuntergangslicht oder der Glückslaterne zu tun. Nein, das war das Gegenteil von Glück, und ich wünschte mich schon nach Hause zu meiner Mama unter die Kopfkissenzipfellutscherdecke, als mich Leons Stimme erlöste.

„Hey! Mach dir nichts draus!" Der Slalomdribbler stand vor mir. „Die haben wir heute in die Hölle geschickt und das nur, weil du unser Maskottchen bist. Seitdem du da bist, haben wir ..."

„... noch kein einziges Mal verloren!" Ich erwiderte sein Lächeln, und als er meine Hand nahm, um mir mit einem

Schwung aufzuhelfen, kehrte das Glück wieder zu mir zurück. Das Glück und das purpurne Sonnenlicht.

In dem humpelte Leon jetzt zurück auf den Platz. Er zwinkerte mir noch einmal zu. Nur ganz kurz. Doch das Sonnenlicht blitzte in seinem Auge auf und als wäre dieses Blitzen ein Zauberblitzen gewesen, wurde ich für die letzten fünf Minuten zu ihm. Ich wurde zu Leon, dem Slalomdribbler, und in meiner Fantasie rannte ich wie er über den Platz. Ich spielte den Doppelpass mit Vanessa und legte dann blitzschnell für Raban auf. Ich spürte die Haut und den Atem der Freunde, als wir uns beim Torjubel danach umarmten. Bei diesem Torjubel, ja, und den zwei weiteren, die dem ersten noch folgten. Und dann fuhr ich mit ihnen allen zusammen aus dem *Teufelstopf* hinaus.

Unsere sieben Motorradscheinwerfer glänzten wie Sterne. Die Turboschwungräder machten dazu die passende Musik und auf den fetten Motorradtanks prangten die Wilde-Kerle-Embleme: das listige Auge über dem fauchenden Maul.

Erst danach – die Wilden Kerle waren längst hinter dem Hügel vorm Teufelstopftor verschwunden – wachte ich aus meinem Traum auf. Ich wurde wieder zu Nerv, dem kleinen Maskottchen, und stand allein im *Teufelstopf*. In meinem hellblauen Matrosen-T-Shirt und der rosa-weiß karierten Hose. Doch der Abendwind blies mir den Stolz ins Gesicht, und mit diesem Stolz rief ich so laut ich konnte:

„Ich heiße Nerv, und das, was ihr jetzt seht, ist der Seitfallflugvolley-Dampfhammer-Booster!“

Ich warf meinen Ball, den ich selbst schwarz angestrichen hatte, hoch in die Luft. Ich holte mit dem rechten Bein Schwung, sprang seitlich ab, bis ich parallel über dem Boden schwebte, und drosch das Leder mit links: DABA-DABAHM!

Dann fiel ich wie in Zeitlupe auf den sandigen Boden, und während ich fiel, sah ich alles genau:

Wie der Ball Richtung Kiosk schoss. Wie er dort Willis Schaukelstuhl rammte, dass dieser samt Willi einen Salto vorwärts sprang. Ich sah, wie die Kugel nach rechts oben flog. Ich sah, wie sie gegen das Dach des Wohnwagens prallte und von dort wieder zurück. Dorthin, wo Willi auf dem Boden lag. Und über ihm hing die Kanne. Die Gießkanne, die die Wilden Kerle manchmal als Dusche benutzten. Doch heute war sie noch voll, und als sie jetzt langsam zu kippen begann, verwandelte sie den besten Trainer der Welt in einen begossenen Pudel.

„So, jetzt bist du wach!!“, fauchte ich Willi in sein verdattert-zerknauschtes Gesicht. „Jetzt weißt du Bescheid. Denn mit diesem Seitfallflugvolley-Dampfhammer-Booster rette ich eines Tages die Welt. Die Wilde-Kerle-Welt! Wenn du weißt, was ich meine!“

Dann packte ich meinen Ball, rannte zu meinem – leider schwarz-gelb gestreiften – Fahrrad und raste hinter den Kerlen her. Ich schaute kein einziges Mal zu Willi zurück. Deshalb sah ich auch nicht den Blick, mit dem er das Wasser aus seinem Filzhut wrang, und plötzlich zum Himmel hochschaute. Dort kreiste ein Falke. Ein Falke, verflixt. Doch Willi schaute ihn an, als käme der Vogel direkt aus der Hölle, ja, oder zumindest von einem Ort, der der Hölle sehr ähnlich war.

WENN MAN DAS GRAS SCHREIEN HÖRT ...

Die Wilden Kerlen saßen schon auf der Terrasse der Eisdiele von Marlons und Leons Vater. Das war das Ritual nach jedem gewonnenen Spiel, sobald das Café im Frühjahr eröffnete. Und heute war Frühling. Verflixt! Der fetteste Frühling, den man sich vorstellen kann. Es war nämlich April. Die Osterferien hatten gestern begonnen, und das ist, hört ihr, die wildeste Zeit. In dieser Zeit wurden die Wilden Kerle geboren. Doch anstelle des Schnees und des ewigen Winters, gegen den sie vor drei Jahren hatten ankämpfen müssen, schien heute die Sonne. Sie war frühsommerlich warm und die Heizstrahler, die auf der Terrasse standen, konservierten ihre Wärme auch noch nach Sonnenuntergang.

Eigentlich musste ich längst zuhause sein. Doch heute war Samstag und morgen sollte ich mit meiner Mutter nach dem Gottesdienst ihre genauso verhexte Schwester besuchen. Deshalb riskierte ich den Hausarrest gern. Es machte mir sogar eine doppelte Freude. Erstens durfte ich dann den ganzen Sonntag allein zuhause verbringen und zweitens war ich jetzt hier: bei meinen Freunden.

Ja, so nannte *ich* sie auf jeden Fall: meine Freunde. Obwohl ich doch nicht zu ihnen gehörte. Aber das wollte ich einmal. Und deshalb saß ich, während sie ihre mächtigen Eisbecher zur Feier des Sieges verputzten, zu ihren Füßen auf der dreistufigen, aus Holzbrettern gezimmerten Treppe. Ich leckte genussvoll meine Schoko-Haselnuss-Mango-Minz-Zitronen-Kokosnusskugel, die ich mir von meinem mageren Taschengeld leisten konnte, und war der glücklichste Junge der Welt.

Ich war ein gleich dreifach glücklicher Junge. Denn der Vater von Marlon und Leon machte nicht nur das beste Eis. Er formte auch die besten ‚Halbdutzend-Geschmäcker-in-einer-Kugel'-Kugeln, und die waren das Beste, was man sich antun konnte, wenn man den Wilden Kerlen bei ihren Geschichten zuhörte:

Geschichten über den Dicken Michi, den FC Bayern, über Gonzales, den blassen Vampir, über ein Spiel nur in Unterhosen und immer wieder die Geschichte über die *Biestigen Biester*.

Zu denen waren die Kerle vor jetzt fast schon zwei Jahren quer durch Deutschland gefahren. Sie hatten She-Man, ihre Gang und Winusch, den Hauer, kennengelernt. Das war der Opa von Marlon und Leon. Sie hatten sich in die *Natternhöhle* getraut. Das biestige Stadion, in dem sie im längsten Fußballspiel der Welt ein mehr als verdientes Unentschieden erreichten. Ja, und dadurch behielten sie auch ihren Titel der ‚Wildesten Fußballmannschaft der Welt'. Zumindest vorübergehend bis zur Revanche. Das hatten ihnen die Biester beim Abschied in Hamm in Westfalen geschworen. Dass sie zu ihnen ins Wilde-Kerle-Land kommen würden. Doch die außer Vanessa coolsten Mädchen der Welt hatten ihren Schwur nicht gehalten. Und so blieben am Ende nur die Geschichten von dem vielleicht aufregendsten Abenteuer, das die Kerle in den drei Jahren seit ihrer Gründung hatten erleben dürfen. Außer natürlich den kaum noch zählbaren Siegen und den noch unzählbareren Toren danach, die diesem Abenteuer folgten. Ja, und diesem wunderbaren Gefühl, wenn sich das Tornetz bei jedem ihrer Treffer auf seine unbeschreibliche Weise schmetterlingsflügel-traumwolken-weich für sie bauschte.

Ich ertastete mit der Zungenspitze gerade die Stelle an meiner Eiskugel, wo der Geschmack der Minze dem der süßen Kokosnuss wich. Ich sah noch einmal Jojo vor mir, wie er von der Ersatzbank absprang, bevor sie zerbrach. Ich stellte mir vor, wie es hier im Wilde-Kerle-Land gewesen sein musste, als es noch doppelt so viel Kerle gegeben hatte. Da hörte ich ihre Stimmen. Sie klangen fremdartig: so dunkel und rau und dabei so klar. Ja, und das leise Lachen, das sie begleitete, legte sich wie eine furchtlos-verwegene Melodie um diese Stimmen herum. Ich horchte auf. Ich verdrehte den Kopf Richtung Straße und linste durch das Treppengeländer. Da bog die Gruppe der drei Mädchen und fünf Jungen um die Autowerkstatt und hielt direkt auf uns zu. Die Kleinste von ihnen war vielleicht acht – ja, so alt wie ich – und die Ältesten waren schon weit über 15.

Doch dieser außergewöhnliche Altersunterschied war nicht das einzige Außergewöhnliche an den offensichtlich sehr stolzen Fremden. Trotz ihrer ausgelatschten Turnschuhe und den ausgeblichenen Jeans wirkten sie selbst in den in dunklen Farben leuchtenden T-Shirts und Hemden, als kämen sie von einem anderen Stern. Bis auf einen Jungen mit Mütze trugen alle ganz lange, in verschiedenen Variationen gebundene Rastalocken, und als sie dann vor uns standen, entdeckten wir die Tattoos: Feine, filigrane Ketten aus Punkten verzierten ihre Gesichter und Finger und verstärkten die selbstbewusste *‚Ich-bin-anders-als-ihr-und-deshalb-was-Besseres-Haltung'*, mit der uns der älteste der fünf Jungen jetzt spöttisch begrüßte.

„Hallo!", sagte er, so als würde er uns schon seit Jahren kennen. „Ich heiße Erik und das da sind meine Freunde."

Er schwenkte die in einem strengen Pferdeschwanz gebändigten Zöpfe nach rechts und nach links und machte eine bedeutsame Pause. So als erwartete er, dass wir ihn und die anderen auf der Stelle erkannten.

„Ja, und ich bin April", sagte das Mädchen, das neben ihm stand, „Eriks große und ältere Schwester." Sie sprach ihren Namen englisch aus und machte dabei einen schelmischen Knicks.

„‚April' heißt ‚April'!", übersetzte Marlon versonnen-verzaubert-hypnotisiert und erntete dafür die augapfelverdrehten

Blicke von Markus und Maxi. Vanessa, die Unerschrockene, zuckte zusammen. Sie wurde ganz bleich und sah erschrocken zu Marlon. Sie wünschte sich inständig, dass er ihren Blick spürte, aber die Nummer 10 war nicht mehr er selbst. „‚April' heißt Frühling!", flüsterte Marlon mit einem immer dunkler glühenden Kopf, starrte das fremde Mädchen wie ein Alien an und wachte erst auf, als sie ihn lachend fragte:

„Und wie heißt du?"

„Ich?“, fragte Marlon und hatte nicht den blassesten Schimmer. „Ich ...?“

„Er heißt Marlon!“, erlöste ihn Markus cool und genervt und schaute genauso cool zu den Fremden. „Und das da sind Leon, Vanessa, Maxi, Juli und Raban.“

„Und er selbst nennt sich Markus“, fiel ich ihm ins Wort. „Markus, der Unbezwingbare.“

Erik und April horchten kurz auf, was ich sofort ausnutzte.

„Ja, verflixt, wer gegen Markus ein Tor schießt, kommt ins Guinnessbuch der ...“

„Und der da ist Nerv! Und der heißt nicht nur so!“, schnitt mir Markus das Wort ab und wurde unter den Blicken, die ihm die Fremden zuwarfen, schlagartig rot. So rot wie Marlon oder das T-Shirt, das das kleinste der drei fremden Mädchen trug.

„Nerv, der echt nervt!“, grinste sie frech. „Doch wir wollen woandershin.“

„Wir wollen ins Stadion“, erklärte uns Erik.

„Ins Stadion der Stadien!“, säuselte April und legte ihren Arm um das mittlere Mädchen.

„Ins Stadion, in dem der Fußball rockt. Hallo, ich bin Freya und das da ist Klette ...“ Sie zeigte zuerst auf die kleinste der Mädchen und dann auf die Jungen, die hinter ihr standen. „Und das da sind Hagen, Gilead, Tronje und Run. Wir sind die Wölfe von Ragnarök.“

Sie lächelte uns erwartungsvoll an. Spätestens jetzt mussten die Wilden Kerle sie doch erkennen.

Doch die glotzten wie Autos. Verdutzt und verdatterter Pomeranzen-Laubfrosch! So, dachte ich, mussten sie ausgesehen haben, als sie erfahren hatten, dass es die *Biestigen Biester* gab. Dass sie, die Wilden Kerle, nicht die Einzigen waren, die in dem endlosen Universum der Straßenfußballmannschaften kickten und lebten. Nein, ganz offensichtlich gab es noch andere Teams.

„Was ist mit euch los?“, fragte April vergnügt. „Seid ihr jetzt alle so hypnotisiert und geistig umnachtet wie euer hübscher Freund Marlon, oder zeigt ihr uns dieses Stadion?“

„Und ob wir das tun!“, platzte es aus Marlon heraus.

Er ignorierte den eifersüchtigen Blick von Vanessa, der wie ein Wespenstachel nach ihm zuckte, nach ihm und nach April, und sprang auf sein Fahrrad. Er klopfte begeistert auf den Tank der alten Triumph, der zwischen Sattel und Lenker die Schwungräder barg, und rief April zu:

„Na, komm schon! Na komm! Oder willst du den ganzen Weg laufen?“

Da lachte das Mädchen in dem tiefgelben Shirt. Sie schüttelte ihre Rastas, die sie als rostbraunen Turban auf dem Hinterkopf trug, sprang auf den Tank wie in einen Damensattel, und kurze Zeit später raste der Pulk der Kerle hinter ihnen her durch die Stadt.

Jeder von ihnen beförderte dabei einen der Wölfe. Die saßen auf den Tanks oder den Heckflossen der Bikes. Nur bei mir war das anders.

Auf meinem Fahrrad fuhr Klette und ich rannte wütend hinter ihr her.

„Na warte. Ich krieg dich. Das ist mein Fahrrad, hörst du!“

„Und ich bin der Fahrer!“, lachte sie frech zurück.

Dann bremste sie cool, ließ das Hinterrad schliddern, bis sie quer vor mir auf der Straße stand, und bot mir gnädig den Lenker an.

„Ich warne dich!“, zischte sie. „Wenn du dich mit mir einlässt, wirst du mich nie wieder los.“

„Aha! Eine Klette, die klettet!“, revanchierte ich mich für den ‚nervenden Nerv‘ und nahm ihr Angebot wutschnaubend an. Sie sauste los, und nach einer, mein Blut in den Adern gefrieren lassenden Fahrt erreichten wir beide den *Teufelstopf*. Das heißt, wir erreichten den Hügel, der sich vor ihm erhob. Dort sprangen wir vom noch rollenden Rad und liefen zu zweit den Feldweg hinauf.

„Das ist er. Das ist der *Teufelstopf*!“, hörten wir Marlon, der mit den anderen längst vor dem Kiosk stand. Er packte den Hebel und zog ihn nach unten. „Und das ist die Baustrahlerflutlichtanlage.“

Sofort sirrte und funkte es an den vier Masten. Dann flammten drei davon kurzzeitig auf, und auch wenn nur die Hälfte der Scheinwerfer einen Herzschlag lang brannte, reichte ihr Licht, um uns die Wahrheit zu zeigen. Der *Teufelstopf* war ein Stadionwrack. Eine vergammelte, alte Ruine. Der Kiosk lag baufällig am löcherigen Zaun. Willis Wohnwagen war ein Hau-

fen aus Rost, die Sofas auf der Tribüne stanken nach Schimmel und das Schild über dem Tor riss in diesem Moment von der Kette und fiel auf die schon vor Monaten in sich zusammengefallene Zugbrücke hinab. Danach war es still und die Nacht war noch dunkler.

„Ähm", räusperte sich April und stieß Erik an. „Ich glaube, wir meinen was anderes."

„Ja, wir sind hier falsch!“ Der Junge mit dem Pferdeschwanz schaute überlegen zu Marlon. „Das muss wohl ein Irrtum gewesen sein.“

„Wie bitte? Was?“, stammelte Leons älterer Bruder und suchte den Blick des ihn so verzaubernden Mädchens. Doch die strafte ihn mit enttäuschtem Spott.

„Kommt!“, sagte April. „Das gefällt mir hier nicht. Das riecht hier nach etwas, was es schon lang nicht mehr gibt. Das riecht hier zu sehr nach verlorenem Herzen!“

Damit ließ sie die Wilden Kerle wie einen Haufen Erstklässler stehen und stapfte vor den anderen, die ihr folgten, durchs Tor. Sie trat auf das einstmals so stolze Teufelstopfschild, marschierte den Hügel hinauf und schob mich dort aus dem Weg.

„Tja“, sagte Klette, die neben mir stand. „Ich wünsch dir viel Glück und vor allen Dingen wünsch ich dir Mut.“

Dann folgte sie April und den anderen Wölfen und verschwand mit ihnen in der Nacht. So wie die Farben verschwinden, wenn das Licht ausgeht. Und mit dem Licht und den Farben verschwanden auch alle Geräusche. Es wurde so still, dass ich zu hören glaubte, wie das Gras um mich herum zu flüstern begann: „Euch gibt es nicht mehr! Euch gibt es nicht mehr!“

Ich hielt mir die Ohren zu, doch das Gras wurde lauter. Es schrie jetzt verzweifelt und verächtlich zugleich.

„Euch gibt es nicht mehr! Ihr habt euch verloren!“

DER FREESTYLE SOCCER CONTEST

Der Empfang zuhause in Bogenhausen war nicht anders, als ich ihn erwartet hatte.

„Du weißt, was zu tun ist!“, sagte meine Mutter trocken und schnörkellos und schaute dabei noch nicht einmal auf. Sie saß in ihrem Sessel im Wohnzimmer unserer Villa und las einfach weiter.

Nichts als Liebe und Wind lautete der Titel des Buches. Schleimigelige Quallenpampe! Ja, meine Mutter war verrückt nach Liebesgeschichten. Und weil sie mich am meisten liebte, weil ich angeblich das Teuerste und Wertvollste war, was sie besaß, musste sie auch nichts weiter sagen. Der Rest stand nämlich in dem Brief, der liebevoll gefaltet und mit ihrem in Wachs gedrückten Hexenstern versiegelt in meinem Zimmer auf meinem Kopfkissen lag:

Mein lieber Sohn Nerv!

Wie du weißt, darfst du so viele Fehler machen, wie du nur willst. Durch die wird man klug. Genauso wie durch Regeln, die man sich traut, ungefragt und unerlaubterweise zu brechen. Aber man wird nur klug, wenn man auch bereit ist,

die Konsequenzen dafür zu tragen, und wenn man seine Fehler wiedergutmacht. Und damit du das lernst, wirst du folgende Dinge erledigen:
1. Du räumst dein Zimmer auf.
2. Du bringst deine dreckige Wäsche nach unten und packst sie in die Waschmaschine.
3. Du nimmst die Wäsche, meine Wäsche, aus dem Trockner, bügelst sie und legst sie ordentlich zusammen.
Das sind die drei Dinge, mit denen du die drei Stunden wiedergutmachst, die du heute Abend zu spät gekommen bist. Aber dafür, dass das jetzt schon das dritte Wochenende hintereinander passiert, bekommst du ab morgen Hausarrest und das bis zum Ende der Ferien. Das ist beschlossen, besiegelt und jeder auch noch so zaghafte Versuch eines Widerspruchs verlängert den Arrest um einen Tag.
Deine Dich fürsorglich liebende Mutter, die Du die Hexe von Bogenhausen nennst. ☺

Huh. Die ersten drei Punkte waren die Pest. Sie dauerten ewig. Habt ihr schon mal Damenblusen gebügelt und daraufhin noch zusammengelegt? Das ist so, als wenn euch die Rolle Alufolie aus der Hand gleitet, über den Fußboden rollt und ihr dann versucht, sie wieder aufzuwickeln, ohne dass das Aluminium dabei zerknittert.

Aber ich hab es geschafft. Teuflisch verzwickter Mikadoknoten! Ja, ich hab es geschafft, und um halb zwölf lag ich dann endlich im Bett. Ich lag in meinem Bett und wartete darauf, dass mir meine Mutter den Gutenacht-Kuss auf die Stirn drückte und mich danach lebendig begrub.

„Gute Nacht, mein Sohn“, sagte sie in einem so fürsorglich-freundlich-gezuckerten Ton, in dem nur die Frauen in ihren Liebesromanen säuseln konnten.

Dann ging sie aus dem Zimmer, schloss die Tür hinter sich und drückte auf den Knopf des kleinen schwarzen Kästchens, das sie immer in der Brusttasche ihres Kostümblazers trug. ‚Saurons schwarze Seelenurne‘ nannte ich dieses Kästchen, denn im selben Moment fuhren die aus rostfreiem Stahl gefertigten Jalousien an meinen Fenstern herunter und wurden samt Tür von drei Dutzend Schlössern verriegelt.

Huh, stöhnte ich und zählte die Tage bis zum Ende der Osterferien. So lange saß ich jetzt an einem Ort, der sicherer war als das legendäre Fort Knox. Der Safe, in dem die amerikanische Regierung ihren Goldschatz aufhob. Doch ich war keine verflixte Feinunze. Mich musste man nicht beschützen. Ich war ein abenteuerhungriger Junge in der Blüte seiner Jahre und ich wollte einmal die Wilde-Kerle-Welt retten. Nein, ich musste sie retten. Und zwar nicht irgendwann, sondern jetzt! Jetzt sofort. Damit sie nicht weiter wie eine alte Ruine zerfiel. Das war mir seit heute Abend klar, und deshalb hatte ich vorgesorgt. Das Rückgrat meines Lieblingsteddys hatte ich mit einem T-Eisen verstärkt, und weil Teddy, der T-Bär, heute zufällig auf dem Fensterbrett saß, dem äußeren Fensterbrett,

stoppte sein Rückgrat den stählernen Vorhang aus Jalousien abrupt.

Der Spalt war so breit, dass ich hindurchschlüpfen konnte, und es war noch nicht einmal zwölf, meine Strafe hatte also noch gar nicht wirklich begonnen, da war ich schon draußen. Ich zog mein Fahrrad aus den Büschen, in denen ich es bei meiner Rückkehr vor meiner Mutter versteckt hatte, und sauste hinaus in die Stadt.

Ich wollte und musste die Wölfe finden. Ich musste herausfinden, was sie von uns wollten. Und obwohl ich nicht wusste, wie ich das anstellen sollte, wusste ich doch, dass ich der Einzige war. Der Einzige, der das leisten konnte. Denn ich, Nerv, das kleine Maskottchen, war nicht mehr nur der größte Wilde-Kerle-Fan. Nein! Ich war der einzige Kerl, der überhaupt noch wild war. Die anderen konnte ich seit heute vergessen. Die waren versteinert, sprachlos, gelähmt. Apokalyptisches Hasenfußpack. Oh Mann, war ich wütend auf sie. Ich sah sie noch immer vor mir stehen, nachdem die Wölfe verschwunden waren. Sie hörten das Gras, so wie ich es hörte, das um uns herum und um den *Teufelstopf* schrie. Sie hörten die Sätze von Erik und April:

„Ich glaube, wir meinen was anderes."

„Ja, wir sind hier falsch! Das muss wohl ein Irrtum gewesen sein. Das riecht hier nach etwas, was es schon lang nicht mehr gibt. Das riecht hier zu sehr nach verlorenem Herzen!"

Doch Leon und Co. sagten kein Wort. Sie schwiegen nur feige. Halt! Nein! Das stimmt nicht.

„Wer war das?", hatte Marlon gestammelt, als die Wölfe hinter dem Hügel verschwunden waren und:

„Frag sie doch selbst!", hatte Vanessa gezischt. „Los, mach schon. Renn hinter ihr her! Frag doch den Frühling, wie er heißt!" Sie stach ihn mit ihrem Wespenblick, packte ihr Fahrrad und fuhr eifersüchtig davon.

„Vanessa!", rief Marlon, doch er rief es zu leise. Er flüsterte nur.

Da kam Leon zu ihm, und obwohl er den Arm um seinen Bruder legte, hatte ich das Gefühl, dass er log. Dass er mehr wusste, als er zugeben wollte, oder dass er irgendetwas verbarg.

„Komm!", sagte Leon. „Das wird wieder gut. Und morgen ist alles wieder beim Alten!"

Dann fuhren er und die Kerle nach Hause. Sie fuhren nach Hause! Habt ihr das kapiert?! Sie schimpften noch nicht einmal. Sie wurden nicht wütend. Sie taten so, als ging' sie das alles nichts an. Als wäre der Zaun um den *Teufelstopf* nicht verrottet und morsch. Als wäre Willis Wohnwagen nicht verrostet. Als strahlte die Baustrahlerflutlichtanlage noch immer so hell wie vor drei langen Jahren, als Willi sie für sie aufgebaut hatte. Als wären sie immer noch neun oder zehn und nicht schon 13 Jahre alt. Süßholzgeraspelter Selbstbetrug! Die Nacht war so finster, wie sie finsterer nicht werden konnte, und das einzige Licht, das mich lockte und zog, war Klettes Satz:

„Ich wünsch dir viel Glück und vor allen Dingen wünsch ich dir Mut."

„Mut, oh ja, Mut, der tut mir so gut!", sang ich, ohne dass ich es merkte, und kam irgendwie zur *Magischen Furt*.

Ich überquerte den Fluss, obwohl mir das Wasser auf meinem kleinen 12-Zoll-Tigerentenfahrrad dabei bis zum Lenker reichte, und sauste auf der anderen Seite in den *Wilden Wald*. Ich kannte den Weg zur Gespensterbrücke. Dort sprang ich aus dem Sattel, lief durch das *Fauchende Tor* und stoppte abrupt, als ich die alte Fabrikhalle betrat. Die Geheimhalle der Wilden Kerle war keine Geheimhalle mehr. In ihr brannten Feuer, und um diese Lagerfeuer trainierten die, die ich suchte: die Wölfe von Ragnarök. Wer immer das war.

„O-ho und o-ha!", versuchte ich mich zu beruhigen. Denn

die acht Jungen und Mädchen sahen jetzt aus wie ihre Tattoos oder die mit Fellen geschmückten Quads, die wie Monster aus einem Science-Fiction-Film im flackernden Halbdunkel der Halle schliefen. Sie trugen Brust- und Rückenpanzer aus rotbraunem Leder, dazu Protektoren an Handgelenken, Ellenbogen und Knien und ihre Köpfe schützten Wolfsschädelhelme, die vor den Gesichtern aus Reißzähnen geformte Visiere besaßen. Doch das war nicht alles, was mir imponierte. Das Training der Wölfe wirkte auf mich wie ein Tanz. Ein Parcoursläufertanz, wenn ihr versteht, was ich meine. Zum Rhythmus ihrer Schritte sprangen sie durch die Halle, liefen an den Wänden entlang, schwangen sich um Säulen und Balken und spielten sich dabei den Ball volley zu. Doch dann rutschte Klette die fellbezogene Kugel vom Fuß. Sie flog in die dunkle Höhe des Daches und schoss dort mit einer klirrenden Explosion eine schon seit Jahren nicht mehr leuchtende Lampe vom Deckenbalken.

„Uhps!", erschrak Klette und dann musste sie grinsen. „Das war wohl die Baustrahlerflutlichtanlage."

Sie lachte amüsiert über ihren Witz und die Wölfe lachten mit ihr.

„Willkommen bei der wildesten Fußballmannschaft der Welt. Aber bitte, oh, bitte erschreckt sie nicht, hört ihr! Und atmet auch ja nicht zu heftig aus! Denn sonst könnte es sein, dass sie noch vor dem ersten Ballkontakt aus lauter Altersschwäche zu Staub zerfallen!"

„Na, warte!", fauchte ich wütend hinter den Kisten am Eingang der Halle, hinter die ich bei meiner Ankunft gesprungen war. „Na warte!" Ich platzte vor Wut. Doch am wütendsten war ich über mich selbst: weil ich so feige war und mich vor ihnen versteckte. Aber so erfuhr ich zumindest, was ich wissen wollte.

„Ich kann es immer noch nicht kapieren!", setzte Klette ihre Spottrede fort. „Da leben die Kerle im *Wilden Land* und haben nicht die leiseste Ahnung, was unter ihnen alles passiert. Sie wissen noch nicht einmal, dass es *Donnerschlag* gibt."

Ich zuckte bei diesem Namen erschrocken zusammen und trat dabei – Dämlack-belämmerterweise – gegen eine Flasche, die vor mir am Boden stand. Sie wackelte, kippte und würde mich gleich definitiv und scheppernd verraten. Da packte ich sie im letzten Moment. Es war wieder still. Das heißt, es war absolut still, und in dem Flackern und Knistern der Feuer drehten sich alle Wölfe zu mir um. Sie fixierten die Kisten, hinter denen ich mich versteckte, und April kam sogar auf mich zu.

„*Donnerschlag*, ja", wiederholte sie lächelnd. „Das Stadion der Stadien. Der Tempel des Freestyle Soccer Contests. Er liegt hier verborgen im *Wilden Land*. Doch die, die hier leben, wissen es nicht. Sie gehören nicht dazu. Sie sind kein Teil dieser Liga. Der Liga der Champions. Der Besten der Welt."

Ich starb fast vor Angst. Da blieb April stehen. Vielleicht drei, höchstens vier Meter vor meinem Versteck. Sie musterte noch einmal die drei alten Kisten, dann drehte sie sich zu ihren Leuten zurück.

„Aber so ist das", seufzte sie provozierend, „wenn man die Zeit verschläft. Die Welt dreht sich weiter, und plötzlich ist man nicht mehr dabei. Man wacht morgens auf und stellt puterrot fest, dass man noch immer in den Kinderhort geht. Und das, obwohl man schon 13 ist."

Sie lachte amüsiert und die Wölfe taten dasselbe.

„Aber vielleicht ist das ja auch ihr sehnlichster Wunsch. Ich meine, dass sie schlafen und nicht mehr aufwachen wollen. Dann können sie träumen und keiner von ihnen muss sich mehr schämen. Ich meine, schämen dafür, dass sie nichts mehr riskieren. Und wer nichts riskiert, kann auch nichts mehr verlieren: außer den Mut, den Stolz und die Würde. Doch wer braucht so was schon?", lachte April uns aus, und mich hielt

es vor Zorn und Wut nicht mehr hinter den Kisten. Ich vergaß meine Angst und sprang in die Halle.

„Wir schlafen nicht, hört ihr! Wir sind keine Träumer. Wir sind stolz und mutig, und was die Würde betrifft, reden wir gern mit euch, sobald wir erst einmal mit euch fertig sind!"

Ich schnappte nach Luft und ballte die Fäuste.

„Wenn ihr dann überhaupt noch reden könnt. – Oh jahhh!", seufzte ich und genoss meine Worte.

Ich spürte die Wärme und Kraft meines Muts. Ich war stolz auf mein Handeln und hob meinen Kopf. Ich spürte das Leuchten auf meiner Stirn. Da lachten die Wölfe, und Klette, die

Kleinste unter ihnen, brachte den Spott ihrer Freunde auf den schmerzhaften Punkt.

„Dann treffen wir uns in *Donnerschlag*. Dann seid ihr ja eingeladen. Dann wisst ihr bestimmt auch, wo *Donnerschlag* liegt. Oder irre ich mich? Nervst du mal wieder? Hast du mal wieder nur 'ne ganz große Klappe?"

Ich hätte sie töten können. Doch sie hatte recht, und das war noch schlimmer als alle Beleidigungen von April zuvor. Meine Knie wurden weich, und bevor sie das sehen konnten, floh ich aus der Halle durchs *Fauchende Tor*. Ich sprang von der Gespensterbrücke auf mein Kinderfahrrad und sauste damit aus dem *Wilden Wald*. Ich preschte durch den Fluss und die *Magische Furt* und – ich hab keine Ahnung, ich weiß nicht warum: Ich raste auf dem kürzesten Weg zu Juli nach Hause. Dort riss ich das kleine Tor beinah aus den Angeln und lief in den Garten, in dem sich das Baumhaus der Kerle mit seinen Hallen und Türmen um den Stamm der alten Platane bis hoch in die mächtige Baumkrone schwang.

CAMELOT ERWACHT

Ich sprang in den Aufzugkorb. Ich löste das Seil, das die Sandsäcke hielt. Die sausten nach unten und katapultierten mich hinauf zum obersten Turm.

„Hindukusch-kuschliges Magenkribbeln!", lachte ich überrascht und begeistert zugleich. Das kannte ich bisher nur aus den Geschichten der Kerle, und als sich die Wolke aus Staub und den Herbstblättern der letzten zwei Jahre um mich herum zu legen begann, sah ich das Krähennest: den Mastkorb der Festung, der vom Wipfel des alten Baumes umspielt langsam und ächzend im Nachtwind schwankte. Ich sprang aus dem Katapultaufzug in das Nest, zog die Plane vom großen Horn und wollte schon zum Alarmruf blasen, da überfiel mich ein Erstickungsanfall. So dick war die Staubschicht auf der Plane gewesen, dass ich fünf Minuten nach Atem ringen musste. Dann versuchte ich es hustend und spuckend. Ich blies ins Horn. Die Augen traten mir dabei aus den Höhlen. Mein Schädel drohte zu explodieren. Da flog ein Vogelnest aus dem Trichter des Horns und ließ den Ton endlich heraus.

Und dieser Ton war ein mächtiges Donnern, das mir die

Ohren schlackern ließ. Meine Knie wurden taub. Ich taumelte gegen die Krähennestreling. Die brach, weil sie morsch war, einfach weg, und ich fiel durch die Zweige der großen Platane und durch das baufällige Schindeldach direkt in die Halle von Camelot: die heilige Halle der Wilden Kerle.

Dort schaute ich mich verdattert um. Verwirrt und verdattert und mit einem Gefühl in der Magengegend, das mir gar nicht gefiel. Denn dieses Gefühl hatte nichts mehr mit dem hindu-kusch-kuschligen Magenkribbeln aus dem Katapultaufzug zu tun. Dieses Gefühl fühlte sich an wie ein von mehligem Schimmel ummantelter Käse, aus dem die Maden zu kriechen beginnen.

Wuah, war das eklig. Doch genauso fühlte ich mich. Und genauso fühlten sich in diesem Moment, das könnt ihr mir glauben, noch ein paar andere Kerle im *Wilden Land*.

Willi, zum Beispiel, der auf seinem Schaukelstuhl schlief, fiel die halb volle Bierdose aus Schreck vor dem Hornruf auf die von der Dampfhammer-Booster-Dusche immer noch klamme Hose. Er fröstelte plötzlich, sah sich vorsichtig um und erschrak, als er den Falkenschrei hörte. Der Raubvogel saß auf dem Bretterzaun. Direkt neben einem der vier windschiefen Türme in den Ecken des *Teufelstopfes*. Willi schob seinen Hut ganz tief in die Stirn. Er zog den Kopf ängstlich wie eine Schildkröte in den Kragen des rot-weiß gepunkteten Hemds und blitzte den Falken so feindselig an, als hätte der vor, ihn jetzt gleich zu fressen.

Und genauso feindselig und böse schaute Leon zu seinem Bruder. Marlon stand doch tatsächlich aufbruchbereit in der Tür seines Zimmers, obwohl er die schon seit einem Jahr unter Androhung von Folter nicht ungefragt öffnen durfte.

„Wer war dieser Vollpfosten?!", zischte der Slalomdribbler unter dem Kopfkissen hervor, das er sich zum Schutz gegen den Hornruf über den Kopf gestülpt hatte. „Wer war dieser Idiot? Es ist drei Uhr in der Nacht!"

„Genauer gesagt: 2 Uhr 57!", fauchte Rabans Mutter entrüstet.

Sie stand vor Rabans Bett, zog ihrem Sohn die Decke vom Kopf und steckte ihm seine Coca-Cola-Glas-Brille auf die vor Entsetzen ganz bleiche Nase.

„Es ist 2 Uhr 57, und bevor mich dieses Ding noch einmal aufweckt, gehst du da raus und bringst es zum Schweigen. Ich sag das nur einmal, hast du kapiert?!"

Raban nickte gehorsam, kroch aus dem Bett, packte mit spitzen Fingern seine Hose, fühlte die Maden, die aus dem Schimmel krochen, im Bauch und schlich aus dem Haus.

Dort traf er erleichtert auf Markus und Maxi. Doch die hoben die Fäuste: ‚Sag ja nichts, hörst du! Halte den Mund!', sagten sie damit und Raban verstand. Wortlos schlichen die drei durch die Straßen der Stadt. Sie schoben ihre Räder, damit sie nicht schneller als nötig in Camelot ankommen würden, passierten die Kirche und fanden Vanessa, die auf der mannshohen Mauer des Friedhofs stand. Sie empfing die Kerle mit einem düsteren Blick.

„Wollt ihr das wirklich?“, fragte sie sie, als ob sie, wie Leon, mehr über die Wölfe von Ragnarök wusste, als sie und der Slalomdribbler zugeben wollten.

„Wollt ihr das wirklich?“, fragte sie drohend.

Da nickten die drei. Sie sagten kein Wort. Der Kloß in ihrem Hals war dafür viel zu groß und deshalb blieb Vanessa nichts anderes übrig. Sie wischte sich ihre Haare wütend aus dem Gesicht und folgte den Freunden zu Juli.

Der stand mit Leon und Marlon im Garten und spähte zur alten Platane hinauf.

„Ich war's nicht!“, entschuldigte sich „Huckleberry“ Fort Knox, der noch seinen Schlafanzug trug. „Ich hab's nicht geblasen. Kreuzkümmelgekackt! Ich bin seit zwei Jahren nicht mehr da oben gewesen.“

„Also gut!“, sagte Marlon und machte sich Mut. „Dann gehen wir halt, ja, dann schauen wir mal nach. Es kann uns doch eigentlich gar nichts passieren.“

Und obwohl er wusste, dass er sich faustdick belog, ging er zum Baum, ließ die mit Efeu überwucherte Leiter herunter und stieg die morschen Stufen hinauf.

EINMAL WILD, IMMER WILD ODER NIEMALS WILD GEWESEN

Nach Marlon trat ein Wilder Kerl nach dem anderen in die kreisrunde Halle von Camelot, die den Stamm der alten Platane in einem gigantischen Radius von fast dreieinhalb Metern umschloss. Doch ich sah die Kerle nur schemenhaft wie Geister oder Gespenster. Denn nach meinem Sturz durch das Dach des Baumhauses stand der Staub wie ganz dichter Nebel im Raum. Heimlicher Kopfkissenzipfellutscher! Für einen Moment glaubte ich wirklich, ich sähe nur ihre Geister. Die Geister einer Legende, die, einmal so strahlend und sternschnuppenfunkelnd, jetzt farblos und stumpf zu Staub zerfielen.

Auch Marlon und Leon waren geschockt und Maxi und Markus sahen sich an, als hätte man sie an einen Ort gebeamt, an dem man Fußball noch nicht kannte. Nicht Fußball und auch nicht die Leidenschaft oder den unbändigen Mut, die Wildheit und Lebensfreude, die sie damit verbanden. Es schien so, als schaute Vanessa in einen Spiegel und müsste mit ansehen, wie ihre Sonnenuntergangshaare langsam vergilbten und wie sich ihre Haut in gefriergetrockneten Falten über ihre fleischlosen Knochen zu spannen begann. Raban dachte gar nicht daran, sich den Staub von der Brille zu putzen. Er fühlte alles. Er musste nichts sehen. Und Juli knetete seine Mütze so, dass kleine Staubwolken aus ihr hervorstoben. Staubwolken, die wie Atemzüge waren. Die letzten Atemzüge eines gestrandeten und im ausgetrockneten Sand verendenden Wals.

„Das riecht hier nach etwas, was es schon lang nicht mehr gibt", wiederholte ich Aprils fatale und doch so wahre Worte. „Das riecht hier zu sehr nach verlorenem Herzen!"

Vanessa erschrak und Leon fuhr zornig zu mir herum.

„Hast du dich getraut, das Horn zu blasen?"

Dann musste er husten.

„Was fällt dir ein? Das Horn ist heilig. Das darf nur von uns geblasen werden. Du darfst noch nicht einmal daran denken ...!"

„Aber ihr tut es ja nicht. Ihr blast nicht ins Horn!", fiel ich ihm ins Wort.

„Weil es keinen Grund gibt!" Leon blaffte mich an. „Es ist alles in Ordnung. Das Horn ist für Notfälle."

„Und das hier ist alles nicht Notfall genug?", konterte ich und deutete auf die verstaubte Halle. „Wann seid ihr das letzte Mal hier gewesen? War es, als Jojo vor einem Jahr ging? Oder ist es noch länger her? Als euch Fabi verlassen hat, oder Felix und Deniz, Rocce und Annika? Oder, Juli, war es vielleicht, als dir dein kleiner Bruder Joschka gesagt hat, dass ihm die Kerle zu langweilig sind?"

„Du nervst, hörst du, Nerv!", zischte Juli mich an.

„Und das ist mein Schicksal!" Ich blitzte ihn an. „Ihr habt

noch nicht einmal mehr einen Auswechselspieler. Wenn euch noch einer verlässt, ist es das Aus. Dann gibt es die Wilden Kerle nicht mehr. Dann seid ihr Geschichte. Ach, was sage ich da. Ihr besteht ja schon jetzt nur noch aus verstaubten Geschichten. Ihr seid ja schon jetzt so morsch wie euer Camelot hier. Und da draußen warten die Wölfe. Da draußen liegt *Donnerschlag*!"

BAHMM! Das letzte Wort schlug wie ein Paukenschlag ein.

„*Donnerschlag*? Was?", flüsterte Markus und schaute zu Maxi, der sein bester Freund war.

„Gibt es das wirklich?", fragte Juli „Huckleberry" Fort Knox und bekam dabei so weiche Knie, dass er sich setzen musste.

„Was weißt du von *Donnerschlag*?", fragte Marlon entsetzt und sprach damit aus, was alle anderen dachten.

Selbst Willi schoss diese Frage in diesem Augenblick durch den Kopf. Er stand mitten im *Teufelstopf* auf dem Anstoßpunkt und zuckte erschrocken zusammen, als sich der Falke mit einem Schrei in die Lüfte erhob.

„Marlon heißt Falke", flüsterte Willi entsetzt und sah, wie der Vogel zwischen den Sternen im unendlich dunklen Schwarz verschwand.

„Was weißt du von *Donnerschlag*?", fragte Marlon noch einmal.

Er spürte die Hand von Vanessa, die seine Hand suchte, um ihn ganz sanft zum Schweigen zu bringen. Doch er gab sie ihr nicht. Er strafte sie stattdessen mit einem zornigen Blick. Er hatte die Nase gestrichen voll.

„Was weißt du? Los, sag schon!“, forderte die Nummer 10. Doch er sprach nicht mit mir, sondern mit seinem Bruder. Der war totenblass. „Leon, du hast uns gesagt, das ist alles ein Märchen. Eine Geschichte. Etwas, das es nicht gibt.“

„So, wie es euch bald nicht mehr geben wird?“, fragte ich giftig. „Und so wie das hier kein Notfall ist?“

„Halt deinen Mund!“, zischte Leon wütend.

„Ich denk nicht daran!“, zischte ich genauso wütend zurück.

Da packte er mich am Kragen und riss mich vom Boden.

„Du bist nur ein Knirps. Ein blödes Maskottchen! Mach, dass du rauskommst!“

Er stieß mich zur Tür.

„Hau ab und verschwinde! Lass dich nie wieder sehen! Denn

selbst wenn du recht hast, wenn es *Donnerschlag* gibt, kommt dadurch keiner von den anderen zurück. Sie sind alle weg."

Leons Stimme wurde plötzlich ganz weich.

„Und ich will nicht noch mehr verlieren. Ich will das nicht, hört ihr!"

Er starrte die Kerle an. Er spürte die Fingernägel, die sich in seine Handballen bohrten, und er fühlte die Tränen auf seinem Kinn.

„Ich will das nicht!", sagte er noch einmal ganz leise. Doch er bekam von niemandem Trost.

Die Kerle standen und saßen in der staubigen Halle und kannten sich plötzlich selbst nicht mehr. Sie waren sich fremd geworden. Fremde auf Camelot, in der einstmals so stolzen Festung, in der sie das Heiligste aufbewahrten, was sie besaßen: die Spielerverträge. Die Spielerverträge, die sie vor so vielen Jahren vor dem Spiel gegen die Bayern mit ihrem eigenen Blut unterschrieben hatten. Aber was waren diese Verträge noch wert? Die Hälfte der Mannschaft hatte sie einfach gebrochen.

„Lass es!", hörte ich Leons Flehen, als Marlon die staubigen, wie Piratenschatzkarten zusammengerollten Verträge jetzt aus dem alten Holzfass zog. Dem ‚Amboss', um den sich die Kerle immer versammelt hatten, wenn eine Gefahr den Bestand ihrer Mannschaft bedrohte.

„Lass das!", flehte Leon, doch Marlon hörte ihn nicht.

Er brach die Siegel der Rollen auf und gab jedem der Anwesenden seinen Vertrag.

„Erinnert ihr euch?“, fragte er leise und mit zitternder Stimme, als hätte er selbst die größte Angst vor dem, was er ihnen jetzt sagen wollte. „Erinnert ihr euch? Es war nach unserem ersten Match. Dem Spiel gegen den Dicken Michi und die *Unbesiegbaren Sieger*. Damals dachten wir alle, dass wir die Besten sind. Wir träumten und schwärmten von unserem Sieg. Doch dann kam Rocce, der Zauberer, und mit ihm die böse Erkenntnis: Wir waren gar keine richtige Mannschaft. Wir waren nur ein Haufen kickender Jungs. Kleine verträumte, alberne Jungs, die es nie zu was bringen würden. So hat uns damals Rocces Vater beschimpft. Der große Ribaldo. Erinnert ihr euch? Wir waren stinksauer. Wir liefen zu Willi, um uns bei ihm zu beschweren. Aber der warf uns raus. Ja, er wollte nichts mehr von uns wissen. Er hat uns gesagt: ‚Ribaldo hat recht. Das war kein Beschimpfen. Er hat euch, verflixt noch mal, nur die Wahrheit gesagt!‘“

Marlon sah uns jetzt an. Zuerst Markus, damit der ihm zunicken und Mut machen konnte, um weiterzureden. Dann Maxi, Vanessa, Leon und mich. Ja, auch mich sah er an, als wär ich einer von ihnen, und dann ging er zu Raban. Er nahm ihm die Coca-Cola-Glasbrille von der Nase und putzte sie sauber.

„Willi hat uns gesagt, dass wir wie Luke Skywalker sind. Wie ein Luke Skywalker, der nicht mehr gegen Darth Vader kämpft, sondern stattdessen lieber Playstation spielt. Und genau das sind wir wieder geworden. Wir träumen und spielen wie kleine Jungs.“ Er nahm die blank geputzte Brille und setzte sie

Raban zurück auf die Nase. „Wir spielen nur Abenteuer. Wir erleben sie nicht." Er ging zu Leon, der auf dem Boden saß, und hockte sich vor ihn hin. „Du bist unser Anführer. Willst du wirklich so leben?"

Leon hob seinen Blick. Er schaute ihn an und hätte so gern den Kopf geschüttelt. Doch er traute sich nicht.

„Nerv, was weißt du von *Donnerschlag*?", fragte mich Marlon, ohne die Augen dabei von seinem Bruder zu lassen.

„Ich?", stammelte ich. Ich hatte plötzlich genauso viel Angst.

„Ich weiß nur, was April behauptet hat. Dass es ein Tempel ist. Verflixt, der Tempel des Freestyle Soccer Contests. Was immer das heißt. Und der soll hier verborgen liegen. Vor unserer Nase. Im *Wilden Land*. Und in ihm spielt nur die Liga der Besten. Die Liga der Champions, und in die, das haben sie und Klette gesagt, gehören wir auf keinen Fall hinein."

„Das hat sie gesagt?" Marlon schluckte verbittert und wandte sich wieder an seinen Bruder. „Und du, was weißt du über *Donnerschlag*?"

„Nichts", sagte Leon und merkte sofort, dass wir ihm seine Lüge nicht glaubten. „Ähm, ich weiß nicht viel mehr. Wirklich nicht. Glaubt mir doch, bitte. Aber ich kenn einen, ja, der kann euch alles erzählen. Alles, ja, alles."

„Auch wo *Donnerschlag* liegt und wie wir dorthin kommen können?", fragte ihn Marlon und zeigte plötzlich ein verwegenes Lächeln.

Oh, wie liebte ich ihn für dieses Lächeln. Es machte mir

Mut. Es war so verwegen wie die alten Geschichten oder die Jungs, von denen diese Geschichten erzählten. „Ja!“, rief ich furchtlos. „Sag es uns endlich. Wer ist es, der uns das verraten kann? Wer bringt uns nach *Donnerschlag*?“ Ich stand aufgeregt da und Maxi stand neben mir. In seinen Augen brannte das Feuer, das einen Wilden Kerl ausmacht.

„Pechschwefliges Rübenkraut!“, wehrte sich Raban gegen den eigenen Mut. Aber er stellte sich trotzdem zwischen Maxi und mich, und seine Coca-Cola-Glas-Brillengläser begannen wie Lampen zu leuchten, als sich Markus, der Unbezwingbare, als Vierter erhob.

„Playstation spielen hat mich schon immer gelangweilt“, grummelte er, und Marlon, der das hörte, grinste Vanessa aufmunternd an. Doch die blieb sitzen. Genauso wie Leon.

„Was ist?“, fragte Raban. „Was ist mit euch los?“

Da erhob sich der Slalomdribbler endlich und ging trotzig zur Tür. „Das wird euch Hadschi gleich alles erzählen“, brummte er schroff und ging aus der Halle.

„Ja! Auf zu Hadschi ben Hadschi!“, rief ich begeistert. Ich stürmte mit Raban, Markus und Maxi an Leon vorbei. Wir rutschten an einer Stange vom Baumhaus hinab und sprangen auf unsere Räder.

„Auf zur Geheimerfinderwerkstatt!“, rief ich und raste an der Spitze des schwarzen Pulks die Straße vor Julis Haus hinunter. Nur Marlon blieb noch am Gartentor stehen und wartete dort auf Vanessa.

„Was ist?“, lächelte er, als sie endlich kam. „Hast du keine Lust auf ein Abenteuer? Es ist so wie damals, als alles anfing. Im Spiel um den *Teufelstopf* gegen die *Unbesiegbaren Sieger*. Damals hatten die Osterferien auch gerade begonnen. Und es war im ...“

„... April“, fiel ihm Vanessa zickig ins Wort. „Oder soll ich vielleicht ‚Eypril‘ sagen?“, zischte sie eifersüchtig und blitzte ihn an. „Es tut mir leid, Marlon, aber damals war ich noch nicht dabei. Ich weiß nicht, wie toll das gewesen ist.“ Sie sprang auf ihr Fahrrad, trat in die Pedale, löste den Schwungradturbo aus und ließ ihren verdatterten Freund zurück.

HALTET DIE OHREN FEST! JETZT WIRD ES STÜRMISCH!

Doch als uns die Nummer 10 kurz vor der Rosenkavaliersgasse einholte, lachte er wieder.

„Hey, ihr Rennschnecken!", rief er begeistert, als wäre Camelot keine Ruine. Als wären seit dem Spiel gegen die *Biestigen Biester* nicht fast zwei lange Jahre vergangen und als wären die Wilden Kerle noch immer vollzählig.

„Hey, ich schlag euch mit links und dazu ohne Turbo. Ich brauch meinen Schwungradantrieb nicht!", lachte er frech und zog in der nächsten Kurve an uns allen vorbei.

„Na, warte!", rief Leon und kippte den Hebel.

Eine Nanosekunde später sirrten die Doppelschwungräder, die in dem Monster-Ducati-Tank seines BMX-Motocross-Fahrrads schliefen, und katapultierten ihn mit einem riesigen Satz an seinem Bruder vorbei. Maxi, Markus, Juli und Raban taten dasselbe, und als auch sie Marlon an der Kreuzung zur Rosenkavaliersgasse überholten, hielt der nichts mehr von falscher Bescheidenheit. Auch er ließ die Schwungräder sirren, und so rasten die sechs Kopf an Kopf auf den mit Planen bedeckten Obststand zu. Dort sprangen sie aus dem Sattel, versteckten ihre Räder hinter der Vorgartenmauer zu Rabans Haus, schoben den Obstwagen gemeinsam zur Seite und öffneten den darunter verborgenen Gully. Sie schoben den Deckel gerade hoch, als auch Vanessa und ich ankamen.

„Hey, guckt mal!", rief Marlon. „Meine Vanessa hat Angst."

Sie warf ihm ihren Wespenblick zu, um ihn zu warnen: ‚Dafür wirst du büßen!'

Doch Marlon lachte sie aus. „Dabei hab ich ihr nur gesagt, dass es wie früher werden wird. So wie gegen Michi und Mähdrescher und den mächtigen Kong." Er sah das begeisterte Grinsen von Maxi und Markus. Er sah das Leuchten in Rabans Augen und auf meiner Stirn und er ignorierte den ängstlichen Blick, den Leon Vanessa zuwarf:

‚Die haben keine Ahnung von dem, was sie tun. Aber das wird sich gleich ändern', sagte der Blick. Aber Marlon wollte nichts davon wissen. Deshalb hob er die Hand und Juli schlug ein: „Alles ist gut!", grinste „Huckleberry" Fort Knox und Marlon erwiderte: „Und weißt du warum?"

„Weil wir noch wild sind!", rief ich begeistert und sprang vor allen anderen durch den offenen Gully in die Werkstatt des Geheimerfinderphantoms hinab. Doch ich landete nicht in der Werkstatt. Ich landete in Hadschi ben Hadschi ben Hadschi el Hadschis heiligstem Zimmer. Ich landete, verflixt noch mal, in seinem Bett.

„Ratzbudenwanzige Unverblümtheit!", fuhr der Geheimerfinder aus dem perlenbestickten Berg seiner Decken und Kissen und ich starrte ihn erschrocken an. Der trug seinen blumentopfförmigen Türkenfez doch tatsächlich auch unter der Schlafzipfelmütze.

„Das finden wir auch!", sprang mir Marlon zur Seite. Er fiel durch den Gully auf das riesige Bett, landete neben mir und hüpfte von dort auf den steinigen Boden. „Das ist wirklich sehr unverblümt. Aber der da ist Nerv und sein Name ist

Schicksal.“ Er reichte mir seine Hand und zog mich aus den Kissen.

„Hast du vielleicht Zeit? Wir haben da ein paar kleine Fragen!“, grinste der älteste der Kerle rotzfrech und ging mit mir zu der Tür, die in die berühmte Werkstatt führte.

„Freeze!“, zischte Hadschi. „Ihr zappelt kein bisschen! Ihr haltet die Luft an und die Füße ganz still!“[1] Er packte uns beide an unseren Ohren und drehte unsere Köpfe zu sich zurück.

„Was weht euch nach all den Ewigkeiten zu mir? Ich hab

1 Übersetzung von Hadschi: „Halt!“, zischte Hadschi. „Ihr bewegt euch kein bisschen! ...“

schon sinniert, euch auf dem Friedhof zu suchen.[2] Oder als Sammelbildchen auf dem Flohmarkt."

„Wir wollen nach *Donnerschlag*!", sagte Markus ganz trocken, und Maxi, der ihm wie sein Schatten folgte, grinste ihn an. Sie landeten beide in Hadschis Bett. Der starrte auf ihre dreckigen Schuhe.

„Da-Buhm und Gewitter. Hab ich das logisch kadingst? Ich mein beschnallt und gegriffen? Potz Blitz und ... Nein! Das habt ihr nicht gerade eben gesäuselt. Do... Do... Do..."[3]

„*Donnerschlag*! Genau!", grinste Raban, mein Held, und Juli, der noch immer seinen Schlafanzug trug, ergänzte entschlossen:

„Wir wollen in die Liga! Wir gehören zu den Besten!"

„Oha, zu den Besten! Hab ich da was verhorcht?"[4], schnaufte Hadschi ben Hadschi und schaute verzweifelt zu Vanessa und Leon. Die kletterten gerade zu ihm hinunter.

„Ich muss traumatisieren. Ich wache nicht auf." Er kniff sich schmerzhaft in die eigene Nase. „Boss Leon! Vanessa! Du bist eine Frau. Du bist rational, ich meine ..."[5]

„Genau!", lachte Marlon. „Und deshalb ist sie auch hier. Sie weiß, was sie will."

---

2 Übersetzung von Hadschi: „Was führt euch nach all den Jahren hierher? Ich hab schon daran gedacht, euch auf dem Friedhof zu suchen ..."

3 Übersetzung von Hadschi: Da-Buhm und Gewitter. Hab ich das wirklich kapiert? Ich mein geschnallt und begriffen? Potzblitz und ... Nein! Das habt ihr nicht eben gerade wirklich gesagt. Do... Do... Do...

4 Übersetzung von Hadschi: „Oha, zu den Besten! Hab ich mich verhört?"

5 Übersetzung von Hadschi: „Ich muss träumen. Ich kann nicht aufwachen. Leon, du bist der Boss. Vanessa, du bist eine Frau. Du bist vernünftig, ich meine ..."

Er zuckte zusammen, als ihn ihr Killerblick traf, doch ich stand schon bei ihm: „Sie hat keine Lust mehr aufs Playstationspielen. Sie will wissen, was wahr ist."

„Oha und oh weh!", erschrak Hadschi ben Hadschi ben Hadschi el Hadschi, und dann war es still. Ich wurde knallrot und dann totenblass und allen anderen erging es genauso.

„Wahrhaftig und wirklich. Ich fress meinen Schnurrbart. Wer ist dieser Pimpf? Ist der fatalistisch?"[6]

Ich grinste ihn an: „Das bin ich genau!"

Hadschi verschluckte sich. „Wie bitte? Was?! Und ist das auch der Grund, der euch hierhergebeamt hat? In meine Ratzbudenheiligkeit?"[7] Er kniff seine Augen zusammen und musterte uns. Er zwirbelte dabei drohend den Schnurrbart. Doch wir hielten diesem Blick stand, auch wenn er uns das Herz durch die Hose – und das noch püriert – in die Socken presste.

„Das ist kein ringelgepieztes Pumuckldings. Das ist, *Vorsicht! Hochspannung! Lebensgefahr!* Das ist Erwachsenenzeugs."[8]

Ich würgte den Kloß aus meinem Hals und zwang ihn dorthin, wo mein Herz bereits steckte. „Ich weiß", sagte ich heiser. „Aber genau das wollen wir werden."

„Genau!", würgte Marlon.

Und Maxi, der nickte, zeigte dabei sein lautloses, aber

---

6 Übersetzung von Hadschi: „Wer ist dieser Zwerg? Ist der lebensmüde?" (Nerv versteht aber: Ist er das Schicksal?)

7 Übersetzung von Hadschi: „Wie bitte?, Was? Und ist das auch der Grund, der euch hierhergeführt hat in mein Schlafzimmer?"

8 Übersetzung von Hadschi: „Das ist kein Kinderkram. Das ist gefährlich. Das ist was für Große!"

unwiderstehliches lächelndes Grinsen. Auch wenn er dabei vor Angst beinah starb.

Da zog sich Hadschi die Zipfelmütze vom Türkenfez und begann sie zu kneten. Er hoffte, dass Leon etwas anderes sagte, doch der schwieg nur düster.

„Oha und o weh!“, brummte der größte Erfinder. „Oha und o weh!“

Er packte seinen Morgenmantel und stürmte, während er ihn wie einen wehenden Umhang um die Schultern schwang, vor uns durch die Tür in die Werkstatt.

„Dann haltet die Ohren fest, denn jetzt wird es stürmisch. Und macht einen Knoten in eure verschwitzten Fußschlüpfer, damit sich eure Bumm-pa-Da-bummpas nicht gänzlich verzischen.“[9]

---

9 Übersetzung von Hadschi: „Und macht einen Knoten in eure Socken, damit eure Herzen nicht vor eurem Mut Reißaus nehmen können.“

LASS DAS BIEST FREI!

Hadschi ben Hadschi ben Hadschi el Hadschi eilte vor uns durch das unterirdische Gewölbe und er sah dabei in seinem wehenden Morgenmantel und dem sich darunter bauschenden Nachthemd wie ein türkischer Dumbledore aus, der vergeblich versucht, fliegen zu lernen. Doch die Worte, die er dabei ausstieß, zischte, seufzte, stöhnte und brabbelte, verscheuchten jedes Lächeln aus meinem Gesicht.

Ich hatte auch keinen Sinn mehr für die Erfindungen, die sich um uns herum in den Regalen auftürmten. Dabei hatte ich doch seit Jahren so oft davon geträumt, diese Werkstatt nur einmal betreten zu dürfen. Stellt euch das vor: Hier waren so geniale Dinge entstanden wie die Weihnachtsbaum-Einnetztonnen oder die Federkanone, mit denen die Wilden Kerle den Dicken Michi besiegt hatten. Hier hatte Hadschi den Geheimnis- und Geheimverstecksucher und -finder-Navigationsautomaten konstruiert. Hier hatte er zusammen mit Willi den Schleimbeutelpendelparcours ersonnen, mit dem Marlon geheilt worden war und Rocces Vater, der große Ribaldo, seine Form wiederfand, um weitere Jahre bei den Bayern zu spielen. Hier wurde der Lancelot-Test geboren und das fliegende Fahrrad gebaut, mit dem Jojo nach seiner Adoption aus dem goldenen Käfig am Starnbergersee befreit werden konnte. Ja, und hier hatte sich Hadschi die berühmten Kaugummispinnfädenfesselkanonen einfallen lassen, mit denen die Wilden Kerlen She-Man besiegten und zu den *Biestigen Biestern* gelangten. Doch das schien nur die Spitze des Bergs aus Erfindungen zu sein, die das Geheimerfinderphantom in seinen unterirdischen Gewölben vor den neugierigen Augen der Welt verbarg. Es hätte hier so viel zu entdecken gegeben ... Doch dafür war die Lage zu ernst. Zumindest in den Augen von Hadschi ben Hadschi, ja, und in denen von Vanessa und Leon. Und das mussten wir ernst nehmen. Denn Leon war unser Anführer und Vanessa war nicht nur die Unerschrockene, sondern dazu noch die Freundin von Marlon.

Tortengussschmusiger Spotzentausch! Habt ihr das endlich geschnallt? Und bevor ich mich deshalb aus lauter Fremdschämerei noch in eine geölte Tomate verwandle, bring ich die Sache jetzt auf den Punkt: Die beiden waren verknallt, wie man verknallter nicht sein konnte. Und das schon seit Jahren. Doch jetzt kam ihnen der Frühling dazwischen und der hieß April, und das noch auf Englisch. Verflixt, und dann ging es nicht nur um Frühlingsgefühle. Dann ging es auch noch um Leben und Tod.

„Fata Morgana und alle anderen Hexen!“, brabbelte Hadschi, riss seine Geheimerfinder-Fliegermütze mit den Antennen und Lupen vom Haken, stülpte sie auf den Türkenfez, schob sich das eingebaute Mikro am gezwirbelten Schnurrbart vorbei an den Mund und zischte: „Ali Baba von und zu Sesam öffne dich für mich und lass deine aladinischen Quanten wirbeln. Lass sie auf fliegenden Teppichen sausen und zeige uns *Donnerschlag*!“

Ein Blitzen und Funkeln und Krachen erfüllte den Raum, der das Herzstück von Hadschis Werkstatt ausmachte. Hier stand sein Gehirn, oder besser gesagt: Hier stand die aus Röhren, Rechnern, Bildschirmen, Wünschelruten und elektronischen Traumfängernetzen gebaute monumentale Version von dem, wie sich Hadschi ben Hadschi sein Gehirn vorstellte.

„Löchert mir nicht den Bauch, wie das alles hier brutzelt und interagiert. Ich hab keinen Blassen und erst recht keinen Schimmer. Aber aus irgendeiner sagenhaft-labyrinthischen Laune weiß es fast immer, wo die zweite Memoryspielkarte liegt.“[10]

„Es?“, fragte ich.

„Jap!“, nickte Hadschi. „Es ist ein ‚Es'. ‚Es' wie ‚Biest' oder ‚Monster'. Denn dieses schnucklig-putzige Monster schert sich 'nen feuchten Fußnageldreck um dein hochehrenhaftes Wohlgesudel.“[11]

Er schaute mich an und bleckte die Zähne. „Noch könntest du Mister-Beanisch hasenfüßen und dem Matrosenanzug huldigen.

10 Übersetzung von Hadschi: „Fragt mich nicht, wie das alles hier funktioniert. Ich hab keine Ahnung. Aber aus irgendeinem Grund weiß der fast immer auf jede Frage eine Antwort.“

11 Übersetzung von Hadschi: „... schert sich 'nen feuchten Kehricht darum, ob es dir gut geht.“

Dem mit den blitzblanken Lacklederschühchen und dem an der Seite gescheitelten Skalp."[12]

„Pass auf, was du sagst!", warnte ich ihn, doch wenn ich ganz ehrlich war, fand ich Lacklederschühchen plötzlich gar nicht so peinlich. Ja, und verflixt, beim heimlichen Schnullersammler! Das machte mich nur noch zorniger. „Lass das Biest frei!", verlangte ich deshalb. „Und sag deinem Monster: Ich will seine Zähne sehen!"

„Wah!", fauchte Hadschi und ich wich erschrocken zurück. „Das steck ich ihm doch mit größter Exquise. Aber spitz deine Lauscher. So ein Monster wie das verschnabuliert Zwerge wie dich noch vor dem Hors d'œuvre."[13] Er schnippte lässig mit dem Finger, drehte sich dreimal und immer schneller im Kreis und sang dabei:

„Hü-ah und hopp! Monsterzombiegalopp!
Hier wartet, der nervt,
mit 'nem Kaffeesatz Kerle[14],
die gern welche wären,
auf sein ‚Das war's':
Das ist es gewesen."

„Halt!", rief ich, „Nein!" Ich lief zu ihm hin. Ich wollte ihn festhalten, doch da flammten die Bildschirme um uns schon auf.

---

12 Übersetzung von Hadschi: „Noch könntest du wie ein Angsthase kneifen und ganz brav und artig sein."

13 Übersetzung von Hadschi: „Das sag ich ihm gern. Aber lass dich gewarnt sein. So ein Monster wie das frisst Zwerge wie dich noch vor der Vorspeise."

14 Übersetzung von Hadschi: „... dem kläglichen Rest der Wilden Kerle, ..."

DIE WAHRHEIT UND NICHTS ALS DIE WAHRHEIT

Die Bildschirme waren überall. Oder besser gesagt, fast alles, was um uns herum auf dem Boden, den Tischen, an Regalen und Wänden – und auch an der Decke – stand oder hing, verwandelte sich plötzlich in einen Computerbildschirm. Da gab es uralte Fernseher, Glasscheiben, Spiegel und glänzende Töpfe, polierte Silbertabletts, Bullaugen und riesige, bauchige Flaschen. In denen tanzten die Bilder wie Hologramme. Lupen warfen die Projektionen wie Beamer auf die wenigen freien Flecken dazwischen. Überall hingen Kabel. Funken sirrten und zischten zwischen Metallkugeln hin und her, und als sich die ersten Bilder aus einem Schneesturm von Flirren und Flackern kristallisierten, fühlten wir uns alle, als flögen wir in einer durchsichtigen Discokugel durch eine Wolkengebirgslandschaft. Das Puzzle aus Bildschirmen um uns herum vereinte sich in unseren Augen zu einem dreidimensionalen, 360-Grad umspannenden Panorama. Und für einen Moment dachte ich wirklich, ich stürzte durch den nicht mehr vorhandenen Boden und die Wolkengebirge in die unendliche Tiefe unter uns hinab. Doch dabei fielen wir alle. Das heißt, wir sausten im Sturzflug auf die Erde hinab, sodass mir der Magen in den Hals springen wollte. Maxi jauchzte vor Freude und Markus, der neben ihm stand, ballte die torwartbehandschuhten Fäuste: „Dampfender Teufeldreck! Das ist ja wie echt!"

Und tatsächlich flogen wir jetzt über die Wipfel des *Wilden Waldes* hinweg, als könnten wir diese berühren. Fledermäuse schossen aus Spiegeln und Fensterscheiben heraus. Sie jagten um unsere Köpfe, verfingen sich kurz, wie Motten in einer Straßenlaterne, in einer der bauchigen Flaschen, die zwischen uns standen, sirrten als Hologramme in ihnen herum und flohen dann aus der Discokugel heraus zurück in den Wald.

„Wie machst du das, Hadschi?“ Ich bekam den Mund nicht mehr zu. „Das passiert doch nicht alles in Wirklichkeit?“

„Wie bitte, was?“, verschluckte sich Hadschi mehr als erbost: „Was puzzelt sich deine graue Masse zurecht? Bin ich vielleicht ein Talkshowgast? Projiziere ich vielleicht als Playstationspieler? Ich bin Hadschi ben Hadschi ben Hadschi el Hadschi und das hier ist deshalb hundertpro mitnichten fiktiv. Aber es ist auch nicht echt. Ich meine dokumentarisch. Das ist transzendenter, verdingst du das, Nerv?“[15]

Er schaute mich an und sah, dass ich's nicht tat.

„Oh!“, seufzte er und verzog sein Gesicht zu einer Grimasse, wie Einstein es tun würde, wenn er einer tiefgefrorenen Rennschnecke erklären müsste, was Lichtgeschwindigkeit ist.

„Oh!“, seufzte er noch mal. „Dann also die Variation mit der Maus. Ich mein' diese Sendung. Effektiv und ganz simpel: Das, was du durch deine Glupscher da glotzt, ist nicht erfunden und echt. Es ist nur die Wahrheit. Nichts als die Wahrheit.“[16]

„Aha!“, raunte ich, kratze mich hinter den Ohren am Hals und schaute verlegen zu Marlon: ‚Hatte der vielleicht etwas davon kapiert?‘ Doch Marlon sah nur den prächtigen Falken.

---

15 Übersetzung von Hadschi: „Wie bitte, was? Was denkt sich dein Gehirn da aus? Bin ich vielleicht ein Dampfplauderer? Seh ich wie ein Playstationspieler aus? Ich bin Hadschi ben Hadschi ben Hadschi el Hadschi und das hier ist deshalb hundertprozentig nicht erfunden. Aber es ist auch nicht echt. Das ist größer und klüger, verstehst du das, Nerv?“

16 Übersetzung von Hadschi: „Oh! Dann also die Erklärung aus der Sendung mit der Maus. Einfach und genau: Das was deine Augen sehen, ist weder erfunden noch echt. Es ist nur die Wahrheit. Nichts als die Wahheit.“

Er kreiste hoch über uns vor den Sternen, und seine glänzenden Federn wurden dabei vom Licht des Mondes erhellt. Seine Schwingen glänzten wie Gold und sie blitzten kurz auf, als er mit einem doppelten Flügelschlag zu uns herabstieß, um auf Marlons Schulter zu landen.

„Vanessa!", staunte die Nummer 10 und wandte sich an seine Freundin. „Weißt du, dass Marlon *Falke* bedeutet?"

Er strahlte sie an und mir fiel ein Zentner Schrott von der Brust, als ich Vanessa zurücklächeln sah. Sie hatte ihren Groll gegen Marlon vergessen. Alles war gut. Das sah ich auch in den Gesichtern der andern. Da schrie der Falke zornig auf. Er schwang sich in die Luft, und nachdem Marlon seinem digitalen Flügelschlag instinktiv auswich, jagte er um unsere Köpfe, schoss zweimal zwischen uns hindurch und stieß dann hinab in den *Wilden Wald*. Wir folgten ihm in unserem ‚Was-weiß-ich-Wahrheitsfinder-3D-Mosaik-Computerraumschiff' und sausten in einer schwindelerregenden Achterbahnschleuderfahrt durch die Bäume des Waldes. Maxi jauchzte vor Freude. Und Markus ballte vor Begeisterung die Fäuste. Das war ganz nach seinem Geschmack. Nein, das machte uns allen einen höllischen Spaß. Wir konnten mit Mühe unser Gleichgewicht halten. Wir torkelten um den Stuhl von Hadschi herum. Wir stützten uns gegenseitig und hielten uns fest.

„Heiliges Discokugel-Rodeo!", jauchzte Raban, der Held, als er sich lachend an mich klammerte. „Haltet euch fest, damit keiner herunterfällt!"

„Nein, Krumpelkrautrüben!“, lachte Marlon begeistert und hielt Vanessa in seinem Arm. „Wir können nicht fallen.“

Da schlug der Falke einen Haken nach links und erspähte mit uns eine Gestalt, die in einer Entfernung von knapp einhundert Metern mit dem Rücken zu uns stand. Er schrie erfreut auf, flog direkt auf sie zu und landete dann bereitwillig auf vom extra für ihn erhobenen Arm.

Wir aber kreisten in unserer Wahrheitsentdecker-Maschine um die beiden und ich wusste sofort, wer sich hinter dem Visier aus Reißzähnen verbarg. Doch als sie den Wolfshelm von ihrem Kopf zog, um den Falken vertraulich zu begrüßen, sahen wir alle in ihr Gesicht: in Aprils Gesicht.

Vanessa löste sich sofort aus Marlons Umarmung, und auch der war richtig geschockt. Oder war er nur wieder von April verzaubert? War es ihr Lächeln, das ihn verhexte und mit dem sie dem Falken in diesem Moment einen Kuss auf den Schnabel gab?

„Oho!“, raunte Hadschi, „ich hab's visioniert. Ich hab's seismografisch und oraklig geunkt!“[17] Sein Blick wanderte langsam von Marlon über Vanessa zu den anderen Kerlen und endete dann als Letztes auf mir.

„Aber das ist nicht final. Ich kapriziere: das Ende. So fängt es nur an. Der Tornado kommt noch. Poliert eure Glubscher,

17 Übersetzung von Hadschi: „Oho! Ich hab es vorausgeahnt. Ich hab euch gewarnt und es euch vorausgesagt!“

entwachst eure Löffel und spitzt eure Zinken. Jetzt schlawenzeln wir alle nach *‚Donnerschlag*'! Jaah!"[18]

Und mit diesem ‚Jaah!' tauchte die Computerbildschirmdiscokugel in Hadschi ben Hadschis Geheimerfinderwerkstatt in eine atemberaubende Stille, die nur vom Knistern und Britzeln der Funken durchbrochen wurde, die die Bildschirme mit Strom versorgten. Alle anderen Geräusche waren verstummt. Die Bäume des *Wilden Walds* schwankten lautlos im Wind. Uhus und Käuzchen schrien ohne Stimme in den bauchigen Flaschen und wir schwebten langsam hinter April her.

Knapp hinter ihrem Kopf und dem des Falken, der auf ihrer Schulter saß, folgten wir ihr den Abhang hinauf auf den Grat einer laternenmasthohen Erhebung. Die zog sich wie der Rücken einer Schlange über ein paar hundert Meter durch den *Wilden Wald*. Durch den Teil des *Wilden Waldes*, der noch hinter der Geheimhalle lag, die die Wilden Kerle im Winter zum Training benutzten. Dort war noch keiner von ihnen gewesen und dort warteten jetzt die anderen Wölfe auf ihren Quads. Sie trugen ihre Trikots aus Leder mit den Panzern und Protektoren für Schultern, Rücken, Ellenbogen und Knie. Auf ihren Köpfen saßen Helme, die – wie der Wolfskopf von April – die Form und das Aussehen von Tierschädeln hatten, und auf

---

18 Übersetzung von Hadschi: „Aber das ist nicht endgültig. Ich meine oder erkläre: das Ende. So fängt es nur an. Die Katastrophe kommt noch. Schärft eure Augen, putzt eure Ohren und spitzt eure Nasen. Jetzt spazieren wir alle nach *‚Donnerschlag*'! Jaah!"

ihren Rücken leuchteten anstatt Nummern in das Leder der Panzer gestochene Tattoos.

„Das ist doch keine Fußballmannschaft", flüsterte Markus mit heiserer Stimme. „Das sind Krieger und Ritter aus einem Fantasyfilm."

„Mit denen wir trotzdem und das erst gestern zusammen Fahrrad gefahren sind", widersprach Raban, der neben mir stand.

„Und im *Teufelstopf* waren", kommentierte Juli und wischte sich mit dem Schlafanzugärmel den Rotz von der Nase.

„Und dort", sagte Maxi mit brüchiger Stimme, „haben sie uns wie Kinder behandelt. Wie ganz kleine Kinder."

Wir schauten den Kerl an, der sonst selbst am Telefon schwieg und der sein Schweigen nur brach, wenn es wichtig war.

„Leon!", rief Juli und zeigte nach vorn.

Dort stieg April jetzt an der Spitze der Wölfe auf ihr vierrädriges Motorrad und fuhr vor den anderen auf dem Rücken des Kamms zwischen den mächtigen Bäumen hindurch. Wir hatten noch nie so alte und große Eichen gesehen. Sie schienen über uns in den Himmel zu wachsen.

„Was hast du noch mal gesagt?", sprach Leon die Frage aus, die wir alle nur dachten. „Das ist nicht erfunden? Das ist ...?"

„Delphi exakt!"[19], raunte Hadschi ben Hadschi, der genauso gebannt und fasziniert zuschaute, was vor unseren Augen

---

19 Übersetzung von Hadschi: „Genau wie vorausgesagt."

passierte. „Ich mein fatalistisch definitiv. Das ist hochprozentige Faktizität. Destilliert und gesickert. Das ist die Wahrheit, Jungs, das ist Magie."[20]

Er lächelte ehrfurchtsvoll und als besäße das kleine Wörtchen „Magie" von sich aus schon Zauberkraft, kehrten die Geräusche des Waldes wieder zurück. Wir hörten das dunkle Fauchen der Quads. Die Käuzchen und Uhus flatterten schreiend aus den bauchigen Flaschen und April wandte sich an den Falken.

„Bist du bereit?", fragte sie ihn.

Sie lächelte freundlich, griff dabei in eine Falte ihres Gewands und zog an einem kurzen Kettchen eine silberne Murmel heraus. Die sah aus wie ein Schlüsselanhänger in der Form eines Fußballs.

„Dann bring uns nach *Donnerschlag.*" Sie bot dem Falken das Kettchen an, und die Kugel begann im selben Moment in einem eisigen Blau zu glimmen. Genauso wie Aprils Augen zu leuchten begannnen, als sie sich umwandte und durch die Discokugel hindurch Marlon anschaute, der zwischen uns stand. „Und was ist mit dir? Wir könnten einen wie dich gebrauchen."

Vanessa erschrak. Sie schaute eifersüchtig zu Marlon.

Der schämte sich plötzlich und sah auf den Boden.

„Du magst sie doch?", fragte Vanessa ganz leise. „Du magst sie, gib's zu! Du magst sie sogar noch mehr als ..."

---

20 Übersetzung von Hadschi: „Ich mein: vom Schicksal bestimmt. Das ist mehr als Tatsache. Das ist ausgekocht und gefiltert. Das ist die Wahrheit, Jungs, das ist Magie."

Da packte der Falke das kleine Kettchen, sprang von der Schulter der Wölfin und flog vor ihr her.

„Kommt!" lachte April. „Folgt alle dem Falken." Damit gab sie Gas. Das Fauchen der Quads wurde zum unbändigen Brüllen und dann schossen die Wölfe hinter dem Raubvogel her. Der sauste in Kopfhöhe über den Kamm. Der Fußball in seinem Schnabel begann jetzt zu glühen. Lavarot strahlte er auf und der Kometenschweif, den er hinter sich herzog, legte sich um die ihm folgenden Quads. Er legte sich um sie wie ein magisches Band, und so jagten sie alle zusammen, Vogel und Wölfe, auf zwei Eichen zu.

Die sahen zunächst wie die anderen aus. Doch dann erkannte man deutlich, dass die Kronen der beiden Bäume, die rechts und links aus dem Kamm herauswuchsen, ineinander verschmolzen. Das waren nicht zwei, das war ein einziger mächtiger Baum, und der hohle Stamm, durch den der Kamm führte, war das gesuchte Tor. Das Tor, das sie alle nach ‚*Donnerschlag*' führte.

Ohne zu zögern rasten der Falke und die Wölfe hindurch. Aber als wir ihnen folgen wollten, prallten wir unerwartet zurück. Wie ein Tischtennisball, der von einer unsichtbaren Mauer abprallt. Wir verloren das Gleichgewicht und taumelten rückwärts. Wir fielen gegen die Wand und die vielen Regale. Selbst Hadschi kippte rückwärts vom Stuhl, und als wir alle verdattert, verwirrt und kreuz und quer übereinander auf dem Boden lagen, waren die Bildschirme alle erloschen.

„Capito, capito!“, brummte Hadschi ben Hadschi, suchte sich seine Arme und Beine zusammen und stand schimpfend auf. „Ich hab's euch gesäuselt! Ich hab es geunkt. Jetzt seid ihr gemonstert. Euch fehlt Papas ‚Ja'. Zutritt verboten. Ohne Voucher kein Einlass. Ihr seid nicht willkommen. Euch reihert man aus."[21]

Wir starrten ihn an. Wir verstanden kein Wort. Nein, wir verstanden ihn alle, doch wir wollten es nicht. Wir wollten nicht wissen, was er uns jetzt sagte:

„Do-Do-Do-Donnerschlag!", stammelte Hadschi ben Hadschi und riss sich dabei beinah die Barthaare aus. „Do-Do-Do-Donnerschlag ist nicht kompatibel. Mitnichten geeicht. Giga- und terrabitig zu groß. Und ihr seid zu pimpfig. Oh ja, so milchzahnsüßgrün hinter den possierlichen Löffeln. Doch die müsst ihr spreizen. Fächert sie auf. Jetzt wird gemartert."[22]

Er stapfte zu einer großen Konsole. Er drehte, schob Regler, drückte Batterien von Knöpfen, und mit jedem seiner von Stöhnen und Seufzern begleiteten Handgriffe verwandelte sich die Decke des Raums mit all ihren Bildschirmen in eine computeranimierte Karte der Welt. Und als er den Zoom zog: in eine Karte von Deutschland, von Bayern und schließlich in eine der Kleinstadt Grünwald.

„Voila-la-lalla. Gespottet. Hier schnarchen die Pimpfe. Doch hier sternschnuppenfunkelte einmal das wildeste Land."[23]

---

21 Übersetzung von Hadschi: „Ich hab's kapiert! Ich hab's euch gesagt! Ich hab euch gewarnt. Jetzt seid ihr geschockt. Euch fehlt die Erlaubnis. Zutritt verboten. Ohne Einladung kein Einlass. Ihr seid nicht willkommen. Euch schmeißt man raus."

22 Übersetzung von Hadschi: „Do-Do-Do-Donnerschlag ist nichts für euch. Es ist viel zu groß. Und ihr seid zu klein. Oh ja, so milchzahnsüßgrün hinter den niedlichen Ohren. Doch die müsst ihr aufmachen. Jetzt wird es grausam."

23 Übersetzung von Hadschi: „Seht her. Da ist es. Hier verschlafen die Kerle ihr Leben. Doch hier leuchtete und blühte einmal das wildeste Land."

Er steckte ein paar armlange Kabel in ein Meer voller Buchsen. „Memorisiert ihr das, Leon? Marlon und Raban, habt ihr davon einen Schimmer? Dann lasst uns jetzt imperfektiv durch den Konjunktiv flitzen."[24] Er kippte ein paar Schalter und indem er das tat, erschienen dreidimensionale Bilder an der Decke des Raums: Bilder vom *Teufelstopf*, Camelot und der Geheimversteckhalle aus der Zeit vor zwei Jahren, als sie noch keine Ruinen waren. Nein, ganz im Gegenteil. Sie standen da: stolz und verwegen.

„Memorisiert ihr das noch?", hakte Hadschi hartnäckig nach. „So präsentierte sich das. Heiliger Aladin, und um Haaresbreite wurdet ihr Mitglied im Klub. Ihr wurdet beinah zum Ritter geschlagen. Ihr durftet nach Hamm zu den *Biestigen Biestern* und ihr habt nicht gelost."[25]

Er sah den Stolz in unseren Gesichtern.

„Ja, ihr wart pudelig. Königlich pudelig."[26]

Er lächelte freundlich.

„Doch dann war finito. Irgendwo zischte die Luft aus dem Reifen heraus. Ihr wurdet zum Sofa, couchpotatoet und madig, und dort, wo ihr schwarz wart, wuchs plötzlich ein weicher und schneeiger Schimmel aus euch heraus. Gekotzt und gereihert. Ihr dezimiertet euch selbst, so wie einem räu-

24 Übersetzung von Hadschi: „Erinnert ihr euch, Leon? Marlon und Raban, wisst ihr noch, wie das war? Dann lasst uns jetzt eine Zeitreise machen."

25 Übersetzung von Hadschi: „So sah es hier einmal aus. Heiliger Aladin, und um Haaresbreite gehörtet ihr alle dazu. Ihr wurdet für gut und stark befunden. Ihr durftet nach Hamm zu den *Biestigen Biestern* und ihr habt nicht verloren."

26 Übersetzung von Hadschi: „Ja, ihr wart stolz. So stolz wie Königspudel."

digen Hund auch noch die letzten Haare ausfallen. Ihr wurdet zum Tanzbär ohne Krallen und Zähne!"[27]

„Einen Moment!" Markus sprang auf. „Das lassen wir uns nicht einfach so sagen!" Er schaute zu Leon, um ihn um Hilfe zu bitten. Doch der sagte nichts und selbst sein bester Freund Maxi pulte nur den Dreck aus den Stollen unter seinen Fußballschuhen heraus.

„Bingo. Touchiert. Wahrheit ist Wahrheit", sagte Hadschi ganz traurig. „Die Wildheit verpuffte. Der *Teufelstopf* wrackte. Camelot ruinierte in einer Wolke aus Staub. Doch während ihr euren Jackpot wie faule Raupen verpennt habt, entpuppten sich andere zum Schmetterling."[28]

Er steckte Kabel und drückte Knöpfe. Er drehte an einem Rad, das vielleicht einmal vor ein paar hundert Jahren das Steuerrad eines Piratenschiffes gewesen war, und dann raste das Bild an der Decke quer über die animierte Karte hinweg.

„Da leuchten die Biester."

Wir sahen die *Natternhöhle* auf ihren Stelzen.

„Da thronen die Wölfe von Ragnarök."

Wir sahen eine mächtige Burg mitten im Wald.

„Und da leben die anderen. Dutzende, seht ihr!"

---

27 Übersetzung von Hadschi: „Doch dann war plötzlich alles vorbei. Ihr wurdet bequem und dort, wo ihr schwarz wart, wuchs plötzlich weicher und weißer, schneeiger Schimmel. Ihh, ist das eklig. Ihr wurdet immer weniger, so wie einem kranken Hund die Haare ausfallen. Ihr wurdet zum Tanzbär ohne Krallen und Zähne!"

28 Übersetzung von Hadschi: „Siehst du! Was hab ich gesagt? Wahrheit ist Wahrheit. Die Wildheit verschwand. Der *Teufelstopf* zerfiel. Camelot wurde zu einer Ruine. Doch während ihr euer Glück nur verpennt habt, wurden andere groß und stark."

Er zog den Zoom auf, bis wir auf der Karte ganz Deutschland erkannten, und auf der leuchteten jetzt überall Lichter. Lichter wie Sterne und die dazugehörigen Namen:

‚Sternschnuppentänzer', las ich, und ‚Drachen und Jaguar', ‚die Fantastischen Sieben' ... Da schaltete Hadschi alles aus.

„Das ist ein Tobak, den ihr nicht verkraftet. Da ist zu viel Pfeffer und Chili drin. Also zieht Leine! Verduftet! Verzischt! Ich kann nichts für euch lenken. Das ist nicht mein Bier. Die Suppe müsst ihr schon selbst auslöffeln!"[29]

Er blitzte uns an, denn wir bewegten uns nicht. Wir wollten nicht weg. Da wurde er laut. „Raus mit euch! Raus! Ich kann euch nicht riechen. Ha! Nach *Donnerschlag* schlawenzelt man nicht. Da kann euch Hadschi nicht hintransformieren. Da hilft keine Trickkiste. Da kriegt man 'nen Brief. 'nen Schlüsselanhänger! Da wird man erleuchtet. Also raus! Raus! Raus!"[30]

Er lief auf uns zu und riss die Arme nach oben, und früher, ja früher, hätten Leon, Vanessa und alle anderen Kerle über Hadschi gelacht.

‚Hadschi, das Schlossgespenst!', hätten sie ihn gehänselt. Doch jetzt rannten sie aus der Werkstatt hinaus. Hinaus auf die Straße und in die frostige Nacht.

---

29 Übersetzung von Hadschi: „Doch das ist zu groß für euch. Das ist zu gefährlich. Also zieht Leine! Verduftet! Haut ab! Ich kann nichts für euch tun. Das ist nicht mein Bier. Die Suppe müsst ihr schon selbst auslöffeln!"

30 Übersetzung von Hadschi: „Raus mit euch! Raus! Ich kann euch nicht mehr sehen. Ha! In *Donnerschlag* spaziert man nicht einfach so rein. Da kann euch Hadschi nicht hinkutschieren. Da hilft keine Erfindung. Da kriegt man 'nen Brief. 'nen Schlüsselanhänger! Da wird man erwählt. Also raus! Raus! Raus!"

KALT ERWISCHT

Eisgecrashte Schocksekunde! Ich fühlte mich so, als hätte der Schiedsrichter in der letzten Sekunde vor Ablauf der Verlängerung beim Stand von null zu null einen Elfer gepfiffen – und das für den Gegner. Wir standen atemlos auf der Straße. Einige gingen im Kreis oder wie Tiger im Käfig – rechts, links, rechts, links – und keiner von uns schaute den anderen an. Aber keiner von uns wollte nach Hause gehen.

Selbst als Hadschi den Gullydeckel von unten her schloss und den Obstwagen via Fernbedienung darauf zurückrollen ließ, blieben wir da. Wir blieben und froren. Ja, wir zitterten alle, denn es war die Zeit kurz vor Sonnenaufgang, und das ist bekanntlich die kälteste Stunde der Nacht. Wir fühlten uns alle wie Fliegen im Winter. Wie Eidechsen am Nordpol. Wir hatten das Gefühl, dass die Welt und die Zeit an uns vorbeirasen würden, während wir in Zeitlupe in kleisterzähem Honig schwammen und noch langsamer denken als uns bewegen konnten.

Eisgecrashte Schocksekunde!

Da schauten sich Leon und Marlon an.

Drahtseil-getanzter-Salto-Mortale!

Sie wollten es nicht, doch sie mussten es tun. Sie waren jetzt keine Brüder mehr. Sie waren der pure Gegensatz. Schwarz-Weiß, Plus-Minus, Angst und Entschlossenheit.

„Du hast es gewusst. Du wusstest das alles!", warf Marlon, der Ältere, dem Jüngeren vor. „Und du wusstest es auch!" Er fixierte Vanessa, und jetzt standen die drei in unserer Mitte vier oder fünf Meter voneinander entfernt. Sie standen im Dreieck wie vor einem Duell, und die Waffen, die sie trugen, waren ihre Gefühle.

„Warum?", zitterte Marlon. „Warum habt ihr beiden uns nichts gesagt?"

Er fuhr mit der Hand über seine Brust und dort leuchtete kurz das Wilde Kerle Emblem. Es pulsierte und leuchtete wie ein schlagendes Herz.

„Damit wir alle zusammenbleiben", sagte Vanessa ganz leise. „Damit sich nie etwas bei uns ändert."

„Ändert?", fragte Marlon und hob eine Braue. „Und was ist *deine* Entschuldigung?" Er wandte sich zitternd an seinen Bruder. Doch ihm war nicht mehr kalt. Er zitterte jetzt, weil er wütend war. „Was ist deine Ausrede, Brüderchen?", fragte er spöttisch-verächtlich, und Leon holte tief Luft.

„Das ist keine Ausrede", antwortete er ruhig, auch wenn seine Brust dabei aufgeregt bebte. „Ich hab uns beschützt."

„Und du hast ihm dabei geholfen?" Marlon blitzte Vanessa hasserfüllt an.

Die senkte den Kopf. Sie war traurig, verletzt.

„Sag du es ihm, Leon. Damit er's versteht."

„Ja, sag es uns, Leon!", höhnte sein Bruder. „Wir wollen es wissen. Maxi und Markus wollen es wissen. Und Raban und Juli."

„Okay", nickte Leon.

Er schaute von Marlon zu den anderen Kerlen.

„Das ist euer Recht. Ja, das ist euer Recht!", nickte er noch einmal und hoffte inständig, dass ihm einer der anderen doch widersprach. Aber die wollten es alle wissen.

Da riss sich der Anführer der Wilden Kerle am Riemen. „Okay", sagte er und holte tief Luft. „Es war vor ungefähr anderthalb Jahren. Da hab ich das Zeichen der Liga bekommen. Es lag eines Morgens auf meinem Bett. Ihr wisst schon: der silberne Ball an dem ganz kurzen Kettchen, der wie ein Schlüsselanhänger aussieht. Und weil ich nicht wusste, was das bedeutet, bin ich sofort zu Willi gegangen. Ich hab's ihm gezeigt, doch er ist weggerannt. Ja, Kacke verdammte! Er hat nur den Kopf geschüttelt, dann ist er geflohen und ich bin hinter ihm her. Drei Stunden, drei Tage und drei Wochen genau. Dann hat er es mir endlich verraten: ‚Das', hat er gesagt, ‚ist kein Schlüsselanhänger. Das ist der Schlüssel zu *Donnerschlag*!'"

„Hyppopotamusssssss ...", zischte Raban, der Held, und Markus schaute zu Maxi: „Der Schlüssel, den der Falke im Schnabel hielt."

„Ja", nickte Leon. „Ich hab ihn bekommen und ich war so entschlossen, wie ihr es jetzt seid. Willi saß vor mir am Ufer des Flusses. Ihr wisst schon, da, wo er sein Bier immer trinkt. Und als ich ihn fragte, was *Donnerschlag* ist, kam er ins Schwärmen. Er schwärmte so sehr, dass er zu schwitzen begann, und er wurde dabei ganz bleich. Totenbleich wurde er. Er sah gruselig aus und er lachte dabei, als wär er verrückt. ‚Hihi und ha', lachte er und: ‚Do-Do-Do-Donnerschlag! Oh, das ist wirklich das Paradies. Ich meine die Hölle. Da spielen die Besten. Da will keiner hin. Davon träumt jedes Kind, dem Fußball etwas bedeutet. Und davon träumt jeder, der sich umbringen will. Ich mein' nicht in echt.' Er schaute mich an.

‚Ich meine nur da.' Er streckte die Hand aus und berührte hier meine Brust. An der Stelle, wo wir unser Zeichen tragen. Das wilde Emblem: das listige Auge über dem fauchenden Maul. ‚Da bringt ihr euch um', flüsterte Willi dämonisch. ‚Ja, das tötet ihr, wenn ihr nach *Donnerschlag* geht. Ihr killt euren Mut. Und wenn der einmal tot ist, seid ihr nichts mehr wert. Denn wenn man nach *Donnerschlag* geht, hat man nur eine einzige Chance. Die muss man nutzen. Und wenn man scheitert, ist es aus und vorbei. Dann ist es zappenkrautfinster mit Fußball, hörst du. Dann dürft ihr nicht weiterspielen. Dann seid ihr zu schlecht und dann endet ihr alle so wie ich oder Edgar oder wie Bill, hörst du, Bill: der Kringelsocken-Flugzeug-Propellermann. Ihr endet, wie meine Mannschaft geendet ist. Ich meine mein Team, in dem ich gespielt habe, als ich so alt war, wie ihr es jetzt seid. Ihr endet als Butler bei reichen Schnöseln, als Verkäufer in einem vergammelten Kiosk oder wie Bill unter einer Brücke am Fluss.' Willi schaute mich an und er nahm meine Hand. ‚Das willst du doch nicht!', bat er mich flehend."

„Halt! Einen Moment!", unterbrach ich den Slalomdribbler. „Dann ist die Geschichte von Willis Knie nur gelogen? Dann hat ihn der Vater vom Dicken Michi gar nicht verletzt?"

„Doch", sagte Leon. „Aber das Knie war nicht schuld. Das war nur 'ne Ausrede. In Wirklichkeit hat Willi sich selber besiegt."

„Und du?", fragte Marlon. „Was hast du dann gemacht?" Die Nummer 10 der Wilden Kerle war jetzt ganz ruhig. „Was hast du dann gemacht, als du von *Donnerschlag* wusstest?"

„Ich?", fragte Leon und seine Augen begannen zu leuchten, wie sie sonst nur beim Torjubel leuchten können. „Ich wollte dahin. Ich wollte nach *Donnerschlag*. Ich wollte der Beste sein oder zu den Besten gehören. Kacke verdammte. Ich hab Willi verflucht. Ich hab ihm gesagt, dass ich kein Angsthase bin, und dann bin ich auf mein Fahrrad gesprungen. Ich bin durch die Stadt zu euch gerast. Ihr wart bei Vanessa. Sie hatte Geburtstag, und zur Feier des Tages gab es ein Geburtstagsfußballturnier. So wie ein Jahr zuvor, als Vanessa zu uns nach München kam: Kacke verdammte! Und ihr hattet alle so einen Spaß. Erinnert ihr euch, wie Vanessa noch einmal die rosa Pumps anzog und mir den Ball um die Ohren drosch? Ihr habt gelacht und gejubelt, doch ich hatte nur einen Gedanken: Wie sag ich es euch? Wie kann ich euch sagen, dass ich das alles riskieren will? Aufs Spiel setzen und, falls es schiefgehen sollte: Für immer und ewig beenden? Den ganzen Nachmittag hab ich gewartet, um es euch endlich sagen zu können. Doch ich hab's nicht geschafft. Ich hab Hilfe gebraucht. Und deshalb hab ich dich gesucht. Ja, dich, Marlon, dich, meinen größeren Bruder. Du solltest mir helfen. Du warst das Herz unseres Teams. Doch als ich dich endlich gefunden hab, im hintersten Winkel des Gartens, warst du nicht allein. Vanessa war bei dir und ihr habt euch geküsst."

„Tortengussschmusiger Spotzentausch!" Ich musste das sagen. Ich konnte nicht anders. Doch Leon und die anderen hörten nicht hin.

„Ihr wart ganz allein", erzählte Leon weiter. „Und ihr habt euch geschworen, dass es immer so bleibt. Dass sich nie etwas ändert." Er machte eine Pause und schaute zu Marlon. „Da bin ich gegangen. Und zwei Wochen später hab ich mit Vanessa gesprochen. Ich hab sie gefragt, ob sie das wirklich will. Dass alles so bleibt. Und sie hat genickt."

Er warf einen Blick zu Vanessa hinüber. Die schaute zu Marlon.

„Sie hat mir gesagt, dass sie glücklich ist. Dass ihr glücklich seid und alle anderen auch. Und sie hatte recht. Wir hatten damals unser prächtigstes Jahr. Wir kamen aus Hamm von den Biestern zurück und haben alle geschlagen. Da hab ich den

Schlüsselanhänger genommen und hab ihn ... ich hab ihn ..." Leon fiel es nicht leicht. „Ich hab ihn dann in den Müll geworfen."

„Nein", stöhnte ich auf, und so stöhnten auch Markus, Maxi, Juli und Raban. „Das hast du nicht getan! Leon! Das durftest du nicht."

Doch Leon war fertig. Er hatte alles gesagt, und jetzt schwiegen alle. Wir schwiegen und hörten zu, wie unsere Zähne vor Kälte zu klappern begannen. Eisbomben gefrorener Magensaft!

Auch wenn ich gar nichts von Küssen und diesem ganzen Geschmodder verstand, wusste ich doch, dass Leon nicht richtig gehandelt hatte. Man opfert seinen Traum nicht für so etwas wie ‚Liebe'! Und auch nicht für ‚Freundschaft'. Dafür waren ‚Freundschaft' und ‚Liebe' nicht da. So etwas machten vielleicht die Idioten in den Liebesromanen, die meine Mutter zuhause im Wohnzimmer las. Doch einen echten Kerl brachte so etwas ganz langsam um.

Das wussten wir jetzt, und weil wir es wussten, sahen wir die Eisblumen auf Rabans Brille wachsen. Wir sahen, wie die Logos auf den Trikots verblassten, als der Tau, der sich auf sie legte, langsam gefror.

„Und?", fragte Marlon, als es am kältesten war. „Seid ihr stolz auf das, was ihr beide erreicht habt? Ich mein: Habt ihr uns wirklich ‚beschützt'?"

Er fixierte Vanessa und seinen Bruder. „Dann schaut euch

mal um. Wir sind stolze sieben. Sieben von vierzehn. Ja, sieben von einstmals so stolzen vierzehn haben euren so mutigen Plan überlebt. Sie haben die Langweile ertragen. Und wisst ihr warum? Weil sie nichts davon wussten. Nichts von eurem feigen Komplott. Nein, sie haben euch alle nur einfach vertraut. Sie sind euch gefolgt, weil ihr das Wichtigste wart, was es in ihrem Leben gab. Fragt Markus, los, oder Maxi und Raban. Komm, Juli, sag's ihnen, wie willst du sein?" Er packte den Jungen im Schlafanzug und schob ihn zornig zu Vanessa. „Sag's ihr, Juli, wie willst du sein? Los, sag's ihr. Los, sag's ihr."

Da traute sich Juli. „Ich", sagte er vorsichtig und wurde dann stolz: „Ich will mich nie vor etwas verstecken."

„Gut", triumphierte Marlon. „Habt ihr das alle gehört? Und ich denk' genauso. Denn wenn ich mich verstecke, bin ich nicht mehr. Dann gibt's mich nicht mehr. So wie's die Wilden Kerle schon lang nicht mehr gibt. Aber das können wir ändern, und jeder, der das genauso sieht, kommt heute Nachmittag in den *Teufelstopf*." Er sprang in den Vorgarten von Rabans Haus und zog dort sein Fahrrad aus dem Versteck. „Das Training beginnt für alle um vier!" Er fixierte Vanessa und schenkte seiner Freundin ein versöhnliches Lächeln. „Damit alles so bleiben kann, wie es früher mal war." Dann trat er kräftig in die Pedale.

„Damit alles so bleibt!", triumphierte Raban, und Juli schlug ohne zu zögern in seine Hand ein.

„Ja, und zwar wild und gefährlich“, grinste „Huckleberry“ Fort Knox.

„Eins, zwei, drei!“, zählte Markus begeistert und Maxi schrie ein den Rost seiner Stimmbänder sprengendes „Raaah!“.

Vanessa, die einstmals so Unerschrockene, schaute noch einmal zu Leon, und auch der sah jetzt wieder glücklich aus.

„Alles ist gut!“, sagte er zu dem immer noch skeptischen Mädchen, und als die ihm nicht antwortete, nahm er sie bei der Hand. „Solange du wild bist. Na, komm schon, Vanessa“, lachte der Slalomdribbler und hob das Mädchen, das immer noch daran dachte, wie April Marlon angeschaut hatte, über die Mauer. Dort sprangen die Kerle auf ihre Räder und rasten davon. Sie rasten davon, als die Sonne aufging und die Kälte der Nacht endlich verscheuchte.

Nur ich blieb zurück und bewegte mich nicht. Ich hatte keine Ahnung, wohin ich jetzt sollte. Ich hatte kein Zuhause wie die anderen Kerle. Das fiel mir jetzt ein. Ich war ausgebüchst, abgehauen. Eine Rückkehr unmöglich ...

Da hörte ich plötzlich die Stimme von Hadschi. „Hey! Schicksal. So heißt du doch oder irgendwie ähnlich!“

„Was?“, fragte ich und entdeckte den Geheimerfinder, wie er unter dem Obstwagen aus dem Gully lugte. „Nein, ich heiße Nerv.“

„Und das ist dein Schicksal.“ Hadschi lächelte jetzt. „Das hab ich gedingst, ich meine geschnallt. Ohne dich wär das heute nicht im Geringsten gegipfelt. Ich meine: krisengegipfelt. Also, warum fläzt du da rum und ziehst so 'ne Fleppe?"[31]

„Weil ich nicht nach Hause kann. Ich hab Hausarrest, weißt du, und nach heute Nacht wird der sofort in Isolierhaft verwandelt. Bei Wasser und Brot. Und dann hab ich nicht die leiseste Chance, dass ich einmal zu ihnen gehöre. Zu *ihnen*, verstehst du, den Wilden Kerlen. Das ist mein Traum. Dann bleibe ich immer nur das kleine Maskottchen. Der Zaungast, der ab und zu zuschauen darf."

31 Übersetzung von Hadschi: „Und das ist dein Schicksal. Das hab ich verstanden. Ohne dich wär das heute nicht passiert. Also, warum sitzt du da rum und ziehst so ein Gesicht?"

„Oha!“, seufzte Hadschi, „Das ist labyrinthisch verzweigt. Ich mein mit dem Wildsein und dem vor der Mama Verstecken.“[32]

Ich nickte verzweifelt: „Aber du kennst sie noch nicht. Sie ist eine Hexe ...“

„Oha!“, stöhnte Hadschi und fiel mir ins Wort. „Selbst wenn sie das ist. Sie ist deine Mutter.“

„Ich weiß“, nickte ich, „und ich lieb' sie ja auch. So wie sie ihre Liebesromane. Schweinigelig gequirlte Quallenpampe!“

Da musste er lachen. „Das Passwort war richtig. Zugang erteilt. Dann flutsch mal hier runter. Ich räum dir was auf.“[33]

32 Übersetung vom Hadschi: „Das ist sehr kompliziert. Auf der einen Seite willst du wild sein, auf der anderen willst du dich vor deiner Mama verstecken.“

33 Übersetzung von Hadschi: „Das war gut. Damit hast du mich überzeugt. Du kannst bei mir schlafen. Ich mach dir ein Bett.“

JETZT GEHT ES LOS!

Die Art und Weise, wie Hadschi aufräumte, war so taugt-sich-überraschungs-geburtstagspartyhaft-fett, dass es mich staunend und sprachlos direkt in die Märchen- und Traumwelt katapultierte. Der Geheimerfinder führte mich in einen der Lagerräume der Werkstatt und drückte den Lichtschalter neben der Tür. Er tat das, als sei das die selbstverständlichste Sache der Welt. Doch als die wie Seifenblasen im Raum herumfliegenden Lampen zu leuchten begannen, passierte das Wunder. Das Chaos und Durcheinander lichtete sich. Halbfertige Erfindungen verschwanden in Kisten. Das Werkzeug sprang von selbst an die Wand. Es hängte sich dort an die Haken und Ösen, und alles, was sonst noch im Raum herumlag, kroch – wie Kakerlaken, die sich vor dem Licht verstecken – blitzschnell in die Regale zurück.

„Wie in der Sonntagsschule"[34], brummte Hadschi zufrieden und kippte dabei einen kleinen Schalter. „Ich hoffe, du verzeihst mir das analoge Gedöns. Ich arbeite gerade am digita-

34 Übersetzung von Hadschi: „So ist es brav."

len Transbeam"[35], entschuldigte er sich, und ich sah staunend zu, wie die Regale, die kreuz und quer im Raum herumstanden, gehorsam an die Wände fuhren.

Dann griff er in einen Schrank, zog ein Frisbee heraus – auf jeden Fall dachte ich, dass es ein Frisbee war – und warf es auf den von ihm gerade erst freigeräumten Platz. Die glatte, mit roter Seide bezogene Scheibe schlug auf dem Steinboden auf, vibrierte dort kurz, um dann wie eine Knallerbse zu zerplatzen.

„Potzblitzpoliert und blank geputzt." Mehr konnt' ich nicht sagen, da stand das rote Aladin-Zelt schon auf einer künstlichen Wiese vor mir im Lagerraum.

„Denkst du, das tut's?", schmunzelte Hadschi ben Hadschi und schlug den Eingang des Zeltes hoch. „Es ist alles tipp und bello bereitet!"[36]

Ich sah das Lager aus Kissen und Decken. „Und ob es das tut!", rief ich begeistert, zog meine Jacke und Schuhe aus und kroch in das Zelt. „Das ist einfach atemberaubend oriental!" Ich vergrub mich sofort in Decken und Kissen. Die waren so himmlisch und märchenhaft weich. „Tausendundeinsfach danke schön, Hadschi!" Ich strahlte ihn an und er wurde verlegen. Ein wenig zumindest.

„Ehem!", hüstelte er sich den Kloß aus der Kehle. „Dann

35 Übersetzung von Hadschi: „Ich hoffe, du verzeihst mir den analogen Trödel. Ich arbeite gerade daran, dass ich bald alles einfach wegbeamen kann."

36 Übersetzung von Hadschi: „Es ist alles fertig."

lausch die Matratze. Du musst, hörst du, musst. Du brauchst deine Muckis, denn jetzt geht es ab."[37]

„Ja", gähnte ich glücklich. „Jetzt geht es los!"

Ich reckte und streckte mich und dann schlief ich ein.

Ich schlief wie ein Stein, nein, wie ein Meteorit, der schwerelos durch das Weltall schwebt, und den Kerlen erging es genauso.

Raban hatte seiner Mutter noch eine Nachricht geschrieben.

„Das Horn wird jetzt schweigen. Wir sind aufgewacht, Mama", las sie seine Nachricht und schaute auf ihren Sohn, der in Fußballschuhen und Schienbeinschonern in seinem Bett lag und schnarchte.

Juli schlief zur Feier des Tages in Camelots Halle.

Markus kletterte mit Maxi über die Garage durchs Klofenster in der Alten Allee Nr.1, um die Wiedergeburt der alten Tage zu feiern, und dasselbe tat Leon.

So wie Markus bei Maxi schlafen wollte, schlich er sich in Marlons Zimmer und legte sich zu seinem Bruder ins Bett. Er war fest davon überzeugt, dass Marlon schon schlief. Deshalb sagte er leise: „Hey. Danke. Ich dank' dir für alles, was du heute getan hast. Und das mit Vanessa wird auch wieder gut."

„Bist du da sicher?", fragte ihn Marlon und Leon erschrak.

„Wie? Du bist wach?"

---

37 Übersetzung von Hadschi: „Dann schlaf jetzt. Du musst unbedingt. Du brauchst deine Kraft, denn jetzt geht es los."

„Und ich hab alles gehört“, grinste sein Bruder. „Und ich mag dich auch, weißt du?“

„Einen Moment!“ Leon sprang auf. Er lief in sein Zimmer und sprang in sein Bett. „Das ist nicht passiert. Das hast du geträumt“, rief er drohend. „Ich hab nie was gesagt. Erst recht nicht von ‚Danke‘!“

Doch Marlon stand schon in seiner Tür. „Das ist aber schade, denn ich bewundere dich auch.“

„Bewundern? Warum?“ Leon starrte ihn an.

„Weil du so verflixt noch mal ehrlich warst. Ich meine mit dem, was du uns heute erzählt hast. Über deine Angst und den Schlüsselanhänger und deine Entscheidung. Ich hätte dazu nicht den Mut gehabt.“

„Das glaub ich dir nicht.“ Leon war plötzlich ganz rot. „Du bist der ehrlichste Kerl von uns allen.“

„Aber ich bin nicht der mutigste. Ich brauch manchmal Hilfe. So wie damals nach meinem Kreuzbandanriss. Als ihr mich gerettet habt, erinnerst du dich?“

Leon musterte Marlon und schüttelte langsam den Kopf. „Nein“, sagte er. „Auf gar keinen Fall! Das kannst du vergessen!“

Doch Marlon blieb stehen.

Da verdrehte der Slalomdribbler verzweifelt die Augen. „Also gut, aber ich warne dich: Wehe du schnarchst!“

Er rutschte zur Wand, überließ Marlon, der zu ihm ins Bett sprang, sehr unwillig die Hälfte der Decke, und während sie sich noch ums Kopfkissen stritten, schliefen sie ein.

Marlon flüsterte noch einmal ganz leise: „Vanessa!", und Vanessa, die in ihrem Bett davon träumte, antwortete leise: „Ja, ich vertraue dir, Marlon. So wie Leon dir traut. Leon und alle anderen Kerle."

Doch das war ein Traum, und während wir träumten, waren andere schon wach. Ja, potz Blitz befeuerter Höllenschlund! Und sie waren bereit, alles zu tun, um unsere Träume zu stören.

April, die Wölfin, stand auf der Gespensterbrücke vor dem *Fauchenden Tor* und lauschte hinaus in den *Wilden Wald*.

„Und?", fragte Erik, als er hinter ihr aus der Geheimhalle trat. „Geht dein Plan auf, Schwesterchen?"

„Hast du das Horn heute Nacht nicht gehört?" Sie lächelte stolz und etwas gerissen. Wie ein Pirat. „Der Kleine, der Nerv heißt, hat den Köder geschluckt. Er ist infiziert und steckt die anderen an."

„Dann sind sie jetzt aufgewacht." Erik legte seinen Arm um die Schulter der Schwester und die schmiegte sich wie eine Katze an ihn.

„Ja", nickte das Mädchen. „Aber nur, um in ihrem schlimmsten Albtraum zu landen." Sie grinste jetzt wieder. „Sie haben es nur noch nicht erkannt."

In diesem Moment öffnete ich meine Augen. Ich lag auf den seidenweichen Kissen in Hadschi ben Hadschis Instant-Frisbee-Märchenzelt und schaute durch die rote Zeltplane auf die wie Glühwürmchen um mich kreisenden Lampen.

Ich dachte an die Silvesternacht, von der die Kerle immer wieder erzählten. Ich dachte an die Glühwürmchenschwärme, die Raban damals gesehen hatte und die ihn zum Fußballorakel riefen. Und dort, in dem alten Stadion, stellte Raban dann die Frage, vor der sich jeder Wilde Kerl fast noch mehr als vor dem Tod gefürchtet hatte. „Hab ich das Zeug dazu, ein Profi zu werden?" Und die Antwort des Orakels lautete erbarmungslos nüchtern: „Nein."

Ich schluckte vor Schreck. Das war die andere Seite der Medaille, die aus Mut gegossen war. Auf der einen stand strahlend und leuchtend: ‚Verstecke dich nie!' Doch auf der dunklen und lichtlosen verbarg sich die Warnung: ‚Sei bereit, dass du scheiterst!'

Schockstarrig-gesteifte Nackenhaare! Ich zog die Kissen über den Kopf, damit ich die Glühwürmchenlampen nicht länger anschauen musste, und wälzte mich auf den Bauch. Ich hatte Angst und ein fürchterlich schlechtes Gewissen. Kennt ihr das auch? Wenn man mitten in der Nacht ganz allein ist und alles bereut? Wenn man etwas rückgängig machen möchte, was man nicht mehr rückgängig machen kann?

Versteht ihr das nicht? *Donnerschlag* war ein zweites Orakel, und dieses Orakel würde nicht nur Rabans Schicksal besiegeln. Dort ging es um alle. Um alle Wilden Kerle, die es noch gab.

Bei diesem Gedanken bohrte sich etwas in meine Wange. Etwas Rundes und Hartes mit einer Kette daran.

„Nein!", stöhnte ich auf und hob langsam das Kissen. „Das kann doch nicht sein. Der liegt doch im Müll. Den hat Leon doch weggeworfen!" Ich starrte auf den Schlüsselanhänger in der Form eines Fußballs.

„Und du glaubst, dass das geht?" Hadschi ben Hadschi steckte seinen Kopf durch den Eingang des Aladin-Zelts: „Glaubst du wirklich, dass man vor seinem Schicksal davonlaufen kann? Dass man es wegwerfen kann, nur, weil es einem nicht gefällt?"

Er sagte das freundlich, aber ganz ernst.

„Dann wärst du wie Peter Pan, der seinen Schatten verliert, und dann würdest du nie im Leben erwachsen."

Ich starrte ihn an: „Was ist mit dir los? Du redest so komisch. Ich mein', so *normal*!"

„Wie, bitte, was?", stutzte Hadschi ben Hadschi. „Oha und oho! War ich nicht kompatibel? Hab ich Quark mit Sahne gefaselt? Dabei röhrt der Alarm. Du bist jetzt kein Zaunkönig und kein Kuscheltier mehr. Du bist jetzt ..."[38]

„... der Nerv!", fiel ich ihm ins Wort, und ich war so stolz. „Ich bin jetzt der Nerv und das ist mein Schicksal!" Ich strahlte ihn an.

---

38 Übersetzung von Hadschi: „Wie, bitte, was? Oha und Oho! War ich nicht verständlich genug? Hab ich Unsinn geredet? Dabei ist es wichtig. Du bist jetzt kein Zaungast und kein Maskottchen. Du bist jetzt ..."

„Bing-Bingo-Bing-Bing!", lachte Hadschi ben Hadschi. „Aber ab jetzt fatalisierst du nicht mehr nur allein für dich. Du dampfhammerboosterst jetzt für alle."[39]

„Genau!", seufzte ich glücklich. „Das werde ich, Hadschi!"

Ich war jetzt hellwach. Ich packte den Schlüsselanhänger und lief zum Gully.

„Denn das ist der Schlüssel für *Donnerschlag*! *Donnerschlag*, hörst du!" Ich zeigte ihn Hadschi, als ob der es nicht am besten wüsste, und kletterte auf die Straße hinauf.

Dort sprang ich auf mein Tigerentenfahrrad und raste auf ihm auf dem kürzesten Weg einmal quer durch die Stadt zum *Teufelstopf*.

39 Übersetzung von Hadschi: „Genau! Aber du bist nicht nur dein Schicksal. Du rettest jetzt alle."

Schwefelgelb-dunstiger-Dino-Mauldampf! Und dasselbe tat meine Mutter. Sie stieg in ihr Auto, den pechschwarzen Smart mit den noch dunkleren Scheiben, und fuhr aus dem Tor unserer Bogenhausener Villa. Sie hatte den Brief in meinem Zimmer gefunden, und in dem stand in orangefarbener Tinte auf schwarzem Papier.

Liebe Mama!
Ich weiß, dass es schwer für dich sein wird, das zu verstehen. Aber manchmal muss man Regeln auch brechen, damit kein Fehler passiert. Und glaub es mir, bitte: Es gibt da sieben sehr Wilde Kerle, die gerade im Begriff sind, den größten Fehler ihres Lebens zu machen. Das muss ich verhindern.
Dein dich liebender Sohn, von dem du ja weißt, dass er dich auch „Die Hexe von Bogenhausen" nennt ☺.

WILLI AUS DER ASCHE

Auf dem Weg in den *Teufelstopf* traf ich die anderen Kerle. Zuerst Raban, den Held, dessen Traktorhinterradreifen eine Sandsturmstaubwolkenwalze hinter sich herzog. Markus und Maxi schossen im Bäckerrad-Seifenkisten-Flaggschiff aus der alten Allee, wobei Maxi im Formel-1-Cockpit vorn vor dem Lenker saß und die Arme an den Handpedalen wie Windmühlenflügel drehte. Juli legte sich so in die Kurve, dass das Rad seines Raketenrennbeiwagens um mehr als 45 Grad abhob, und schließlich sprangen Leon und Marlon mit ihren Motorradtank bestückten BMX-Motocross-Rädern über eine Böschung zu uns auf die Straße hinab. Schallmauerberstende-Nitro-Injection! Und dann kam Vanessa. Sie hing im Windschatten ihres Freundes, lachte vor Freude, als sie an Marlon vorbeizog, und übernahm auf ihrem Down-Hill-Fully die Spitze des Pulks.

Der raste durch die Straßen der Stadt, sprang Schwungrad-Turbo-verstärkt über den Hügel vorm *Teufelstopf* und stieg auf dem Bolzplatz mit solcher Macht in die Eisen, dass die ihm folgende Staubwolke wie ein Tsunami aus Dreck über Räder, Fahrer und Wohnwagen schwappte. Juli drückte den Knopf seines „High-Noon-D-Day-Thunder-Blasters“, wie Hadschi ben Hadschi ben Hadschi el Hadschi die Subwoofer verstärkte und fast den ganzen Raketenbeiwagen ausfüllende Anlage nannte, und als Willi den Kopf aus dem Wohnwagen steckte, vibrierte die Staubwolke vor ihm in der Luft.

„Alles ist gut, solange du wild bist!“, raunten die Kerle zum rockigen Sound, und nachdem Willi zweimal gehustet und sich dreimal die Augen gerieben hatte, traten die sieben letzten Wilden Kerle der Welt aus dem Nebel auf ihn zu.

„Wenn du glaubst, dass das ein Traum ist, irrst du dich, Willi“, begrüßte Leon, der Slalomdribbler, den verschlafenen Trainer.

„Wir sind wieder da!“, lächelte Marlon, die Nummer 10.

„Und wir haben unsere Playstation an den Nagel gehängt!“ Vanessa, die Unerschrockene, nahm Marlons Hand.

„Ja, und jetzt sind wir hier, um deine Klamotten zu waschen!“, grinste Raban, der Held, und als Willi vor Schreck einen Schluckauf bekam, sagte Juli „Huckleberry“ Fort Knox: „Du siehst nämlich ziemlich fürchterlich aus!“

„Auf jeden Fall nicht so, wie ein Trainer aussieht ...“, schmunzelte Maxi „Tippkick“ mit einer überhaupt nicht mehr vom Schweigen rostigen Stimme.

„... der eine Champions-League-Mannschaft trainiert!“, strahlte Markus, der Unbezwingbare.

Willi war baff. Er konnte nichts sagen. Er klappte den Mund nur stumm auf und zu und sah dabei aus wie ein zerknitterter

Karpfen, der sich seit über zwei Wochen weder rasiert noch gewaschen hatte.

„Cha-Cha-Cha-Cham…", stotterte er und wischte sich dabei den Schweiß von der Stirn. „ Cha-Cha-Cha…"

„Champions League", erlöste ihn Leon. „Du hast es geschnallt."

„Wir wollen nach *Donnerschlag*!", nickte Marlon verschmitzt. „In die Liga der Besten!"

Er schaute zu Vanessa. Die lachte vergnügt. „Und du, hörst du, Willi, sorgst dafür, dass wir's schaffen."

„Rosa gepunktetes Warzenschwein!" Willi stöhnte entsetzt, doch ich strahlte ihn an.

„Genau!", rief ich stolz. „Denn wir haben den Schlüssel! Er ist heute Nacht zu uns zurückgekehrt!" Ich zog den Fußballanhänger aus der Tasche, und als ich ihn Willi präsentierte, spürte ich das Grinsen von Maxi und Markus. Ich spürte die Freude der anderen Kerle. Doch Willi wurde plötzlich ernst. Sein Gesicht verfinsterte sich. Es wurde eyjafjallajökullfinster.

„Rosa gepunktetes Warzenschwein!", stöhnte er in einer Mischung aus Staunen und blankem Entsetzen – als hätte er plötzlich riesige Schmerzen –, und mit einem ähnlich schmerzhaften Schreck fiel mir ein, was uns Leon erst heute Morgen auf der Straße über der Werkstatt von Hadschi ben Hadschi alles erzählt hatte:

Dass Willi in *Donnerschlag* gescheitert war. Dass es sein Leben zerstört hatte, als er in unserem Alter war. Sein Leben und das seiner besten Freunde, und plötzlich begriff ich, dass Willi jetzt alles tun würde, um zu verhindern, dass uns dasselbe Schicksal ereilte.

Meine Freude verschwand und ich spürte, wie es den Wilden Kerlen, die neben und hinter mir standen, nicht anders erging.

„Rosa gepunktetes Warzenschwein!“, stöhnte Willi noch einmal, und dann las ich die Sätze in seinen finsteren Augen, die er als Nächstes sagen würde:

‚Vergesst es! Ich denke nicht dran! Ich bin nicht mehr euer Trainer!‘

Doch es kam noch viel schlimmer. Schaumstoff gepolsterter Bobbycarhelm!

„Vergesst es! Ich denke nicht dran! Ich bin nicht mehr euer Trainer!“, blaffte Willi uns an, verschwand dann im Wohnwagen und schlug die Tür hinter sich zu, dass zwei der drei rostigen Angeln barsten. „Ich denk nicht daran. Ich trainier keinen Grizzlybären, der keine Krallen mehr hat! Ich trainier keinen Tanzbären, der nur noch gegen Meerschweinchen spielt.“

Willi stampfte so aufgeregt durch den verrosteten Camper, dass dieser heftig zu wackeln begann. Bedenklich heftig, sage ich euch. Die Räder und Stützen stöhnten und ächzten. Doch Willi hatte dafür keinen Sinn. Er schimpfte und stampfte unbeirrt weiter.

„Das wäre ja Selbstmord. *Donnerschlag* ist kein Streichelzoo. *Donnerschlag* ist die Wildnis, hört ihr! Der Dschungel. Der Ozean, in dem Haifische leben.“

Da platzte mir endlich der Polohemdkragen: „Verflixt!", rief ich, „Willi, das wissen wir alle! Und weil wir das wissen, wollen wir dahin!"

„Wie bitte was?" Willi erschrak.

Er stieß die Campertür auf, und als die gegen den Wohnwagen schlug, brach die Achse des Trailers. Die Räder kippten nach innen ein. Die Stützen fielen wie Bauklötze um und dann krachte das ganze Gefährt auf den Boden. Die Tür und die Wände fielen nach außen und das Dach stürzte ein. Es zerfiel zu einer Wolke aus Rost und die begrub Willi, der durch den Chassisboden auf den Po gedotzt war, unter sich, bis man nur noch die Hutspitze sah.

Für ein paar herzschlaglose Momente starrten wir alle auf den riesigen Haufen aus rostigem Schrott, der einmal ein Wohnwagen gewesen war. Der Wohnwagen des besten Trainers der Welt. Der Wohnwagen des Trainers, der die Wilden Kerle zu dem gemacht hatte, was sie einmal waren und was sie jetzt endlich wieder werden wollten: die wildeste Fußballmannschaft der Welt.

Doch diese Welt lag in Trümmern vor uns, und ich dachte: Jetzt ist alles aus und vorbei. Jetzt haben wir auch noch Willi auf dem Gewissen.

Da passierte das Wunder.

Ja, habt ihr schon einmal vom Phönix gehört? Dem Vogel, der alle paar hundert Jahre verbrennt, um dann aus seiner eigenen Asche wieder jung und kräftig geboren zu werden?

Genau dieses Schicksal ereilte jetzt Willi.

Der Hut begann sich zu bewegen. Er wackelte zweimal vor und zurück. Dann grub sich eine Hand aus dem Haufen, und an der zog sich ein Kerl aus der rotbraunen Masse, den wir nicht wiedererkennen wollten.

„Was ist?“, rief der Mann mit den leuchtenden Augen. „Worauf wartet ihr noch? Ich dachte, ihr wollt nach *Donnerschlag*! Dann wird's höchste Zeit!“

Er sah in unsere strahlenden Augen. Er sah unser Lachen.

„Ja, Zeit für den Lancelot-Test hoch zwei!“

DER LANCELOT-TEST

„Holla und hopssassa!“

Jetzt bekam ich einen Schluckauf.

Aber könnt ihr euch noch an den Test erinnern? Ich meine, den Lancelot-Test? Den Test aller Tests, den Willi den Wilden Kerlen abverlangt hatte, nachdem sie den Schleimbeutelpendelparcours mit verbundenen Augen gemeistert hatten und bevor es zur Kinderfußballweltmeisterschaft ging? Ich meine den Test, den Jojo, der mit der Sonne tanzt, als Letztes bestanden hatte, und zwar gegen den besten der Kerle, den es zu dieser Zeit gab? Gegen Rocce, den Zauberer? Und wisst ihr, warum Jojo das damals gelang? Weil Rocce ihm seine Fledermausflügel schenkte. Genau! Südbrasilianischer-Voodoo-Held! Die hatte er auch ganz nötig gebraucht. Denn Fledermäuse sehen im Dunkeln. Die haben so etwas wie ein Radar, und den brauchte man für den Lancelot-Test. Da spielt man nämlich allein gegen alle. Allein gegen sich und die ganze Welt!

Ich meine, natürlich musste Jojo Rocce besiegen. Sie standen sich gegenüber. Jeder an einer Torauslinie und Jojo hatte den Ball. Den Ball, den er an Rocce vorbei und auf die andere

Seite dribbeln musste. Doch das war alles andere als einfach. Auf dem Weg dorthin warteten Hindernisse. Mauern und Zäune, über die man hinwegklettern, und Reifen, durch die man hindurchspringen musste. Drehkreuze schwangen Säcke aus Stroh. Balancierstangen spannten sich über Gruben, über die man den Ball hinwegführen musste, und dazu kamen die Bälle, die die zwei Dutzend Ballkanonen ins Spielfeld droschen. Die musste man, während man alles andere tat, auf die plötzlich aufklappenden Ziele am Spielfeldrand schießen. Volley, hört ihr, und das, während die Knock-out-Pendel, riesige Kugel aus nassen Lumpen, aus dem blendenden Licht der Baustrahlerflutlichtanlage quer durch den *Teufelstopf* schwangen und einen jagten.

Puh!

Erinnert ihr euch an den Lancelot-Test und könnt ihr euch vorstellen, wie es uns jetzt ging, als Willi uns androhte, diesen Test noch einmal zu potenzieren? Und das im Quadrat? Lancelot-Test mal Lancelot-Test? Könnt ihr euch vorstellen, wie es mir ging? Mir, Nerv, der weder Schleimbeutelparcours noch Lancelot-Test, geschweige denn jemals ein einziges Training im *Teufelstopf* absolviert oder bestanden hatte? Der immer nur Zaungast war und das Maskottchen? Könnt ihr euch vorstellen, wie es mir ging?

Nun: Ich fühlte mich wie ein Kartenhaus. Ein viel zu hohes Kartenhaus, das auf einer Waschmaschine stand, die gleich in den Schleudergang wechseln würde. Und die Blicke, die ich verstohlen nach rechts und links zu den anderen Kerlen warf, halfen mir auch kein bisschen weiter. Denen ging es nicht besser. Wir hockten alle auf dem staubigen Boden, drehten die Steinchen vor uns im Sand und schielten mit einem flauen Flattern im Magen zu Willi hinüber.

Der lief Rostwolken staubend durch die Berge aus Schrott, die er hinter dem Kiosk und dem jetzt nicht mehr vorhandenen Wohnwagen gesammelt und aufgestapelt hatte. Oder vielleicht war der Schrott auch von allein gekommen und hatte sich im Lauf der Jahre dort von selbst aufgetürmt. Auf jeden Fall stieg Willi wie auf Stelzen in dem Gerümpel herum und suchte verzweifelt nach dem, wovor wir uns fürchteten. Den Bestandteilen des Lancelot-Tests hoch zwei.

Zahnarztwartezimmerendlosschleife!

Unsere Knie wurden weich. Der Kloß in unserem Hals wuchs auf Kürbisgröße an. Der Angstschweiß ließ uns eisblumenfrösteln und wir hätten uns am liebsten unter die Grasnarbe verkrochen. Doch die hatte es im *Teufelstopf* noch niemals gegeben. Ja, und wenn wir gewusst hätten, wer uns alles so sah, wären wir auf der Stelle nach Hause geflohen: Unter die ‚Kopfkissen-ihr-wisst-schon-was für-ne-Decke-ich-verflucht-noch-mal-meine' und in den eigenen Hausarrest.

Habt ihr kapiert, wovon ich hier spreche?! Dann lest jetzt nicht weiter.

Denn, was wir nicht wussten, war einfach das – einfach und grausam und herzsmoothie-saftbreiig: Wir waren nicht allein. Wir wurden beobachtet. Ja, es gab Zeugen. Verflucht noch mal Zeugen, die unsere Angst vor dem LT hoch zwei auf diabolische Weise genossen.

HEXEN UND WÖLFE

„Zwei gehen rein und einer fliegt raus!“, grinste Klette, die kleinste der Wölfe, und schielte dabei zu ihren Mannschaftskameraden. Die lagen neben ihr flach auf dem Bauch und spähten über die Hügelkuppe durch das *Teufelstopftor* auf den Bolzplatz hinab. Dort schmorten die Kerle und ich in unserer eigenen Angst.

„Zwei gehen nach *Donnerschlag* und einer fliegt raus“, summte die Wölfin mit den nach allen Seiten hin abstehenden Haaren. „Die Kerle, die fliegen. Die Wölfe, die siegen!“ Sie schaute zu April, die neben ihr lag, und erntete dafür ein diebisches Grinsen.

„Die sind ja noch baufälliger als ihr Bretterzaun!“, spottete Erik und Klette sang grinsend:

„Was hab ich gesagt,
ich bin so verzagt.
Aber die Kerle, die fliegen,
weil wir sie besiegen.“

„Weil wir sie besiegen“, sang April versonnen „Weil ich dich besiege“, summte sie weiter und fixierte dabei die Nummer 10.

Ich rede von Marlon, der Nummer 10. Dem Herz unserer Mannschaft. Sie schaute ihn an, und als könnte er ihr höllenhündisches Lächeln spüren, schaute er auf. Sein Blick scannte den Holzzaun und blieb am Eingangstor hängen.

„Was ist?“, fragte Vanessa, der das nicht entging.

„Ich weiß nicht“, raunte Marlon und nahm ihre Hand. „Ich habe nur plötzlich so eine Kälte gespürt. Einen eisigen Hauch. Als wäre alles längst entschieden, weißt du. Als hätten wir das Spiel bereits verloren.“

„Du meinst, sie sind da? Sie beobachten uns?“, fragte Vanessa und Marlon biss sich auf die Lippe.

„Ja“, nickte er. „Sie sind alle da und sie sehen, wie wir uns vor ihnen fürchten.“

„Dann ...“, zischte ich und sprang zornig auf, „... dann zeigen wir ihnen, dass wir auf diese Angst pfeifen. Wir pfeifen auf euch und auf die ragnaröksche Bagage! Wir schießen euch dahin, wo euch keiner mehr findet!“ Ich rannte ins Teufeltopftor und ballte die Fäuste, doch ich traute mich nicht auf den Hügel hinauf. „Wir schießen euch, hört ihr, ans Ende der Welt!“

„Oh!“, lachte Klette und sprang auf den Hügel. „Da kommen wir her. Da steht unsere Burg. Weißt du denn nicht, was Ragnarök heißt?“

„Doch“, raunte Markus. „Es heißt Weltuntergang.“

Wir fuhren erschrocken zu ihm herum, und Klette, die Fiese, hielt sich die Hand an ihr Ohr. „Wie bitte, Markus! Ich hab’s

nicht richtig verstanden.“ Sie gluckste vergnügt. „Oh, ich glaube, ihr wisst es. Ich les’ es in euren armen Gesichtern. Ragnarök! Ragnarök! Ich hab’ solche Angst.“ Sie drehte sich einmal tanzend im Kreis, und ich, der ich ihren Spott nicht mehr aushalten konnte, drehte mich wütend zu Willi herum.

„Willi! Wo steckst du? Wir wollen trainieren!“

Doch als unser Trainer hinter dem Kiosk hervorkam, fiel mir und den anderen Kerlen das Kinn auf die Brust. Schaumbesengeschlagener Oberbluff! Und noch jemand staunte. Hinterhältiges Hexenbiest. Jemand, den ich vergessen hatte und an den ich in diesem Moment, in dem es um alles ging – um alles, was mir und den Kerlen etwas bedeutete –, auf keinen Fall denken wollte.

Doch meine Mutter war da. Sie kniete auf der den Wölfen und dem Teufelstopfhügel gegenüberliegenden Seite im hüfthohen Gras und schaute aus einer Entfernung von vielleicht einhundert Metern durch ihr Opernglas und den löcherigen Bretterzaun direkt in meinen offenen Mund.

WER NICHTS RISKIERT, VERLIERT SICH SELBST

Aber am meisten verwirrt von allen war Willi. Er zählte dreimal, wie unsere Zäpfchen hinter den heruntergefallenen Kinnladen zuckten, und schaute sich vorsichtshalber noch einmal um. Meinten wir wirklich ihn oder stand da vielleicht noch ein anderer? Ein gerade geschlüpftes Monster vielleicht, ein dreimäuliges Alien oder ein bis auf die geblümte Unterhose nackter Yeti? Doch der Platz hinter ihm war absolut leer.

„Was ist?“, fragte er uns verständnislos. „Was glotzt ihr so blöd? Habt ihr noch nie im Leben eine Leiter gesehen?“

„Eine was?“, fragte Leon und starrte auf die beiden rostigen Leitern, die der in Rost getauchte Willi auf seinen mit Rost gepuderten Schultern trug.

„Eine Leiter!“, lächelte Willi. „Oder wenn du genau sein willst, sind es ja zwei. Jetzt brauchen wir nur noch eure Tribüne. Ähm, ich meine die Sofas und Sessel und alle Polster und Kissen.“ Er drehte sich einmal um sich selbst, scannte den Bretterzaun, entdeckte die schiefste und löcherigste Stelle an der westlichen Seite auf Höhe der Mittellinie und zeigte dorthin.

„Stellt alles da auf. Zu beiden Seiten des Zauns, damit man sich nicht verletzen kann."

Damit ließ er uns stehen. Er ging zu dem Zaunstück, das er uns gezeigt hatte, und lehnte die beiden Leitern im Abstand von zwölf Metern daran an.

„Macht endlich! Beeilt euch", rief er über die Schulter. „Es ist schon halb fünf und ich hab keine Ahnung, wie viel Zeit euch noch bleibt, nachdem ihr zwei Jahre vertrödelt habt."

Er musterte uns mit funkelnden Augen, doch wir rührten uns nicht vom Fleck.

Wir starrten uns an, als wär er vom Mars, und dann starrten wir genauso außerirdisch zu ihm und den beiden Leitern zurück.

„Das ist nicht dein Ernst!", protestierte Leon ungläubig.

„Wir sind eine Fußballmannschaft!", erklärte Juli „Huckleberry" Fort Knox.

„Und wo ist der Lancelot-Test?", fragte Raban, der Held. „Ich meine den hoch zwei, Willi. Wo ist der Parcours?"

„Tja, vor eurer Nase", grinste der Trainer, den wir bisher für den besten Trainer der Welt gehalten hatten und der uns jetzt ganz offensichtlich nach Strich und Faden verlud.

Verranzt und vergorener Butterschleim!

Der Lancelot-Test war ein Meisterwerk. Eine von A bis Z durchdachte und wie ein Uhrwerk konstruierte Trainingsmaschine. Doch das hier war Pillepalle. Ein Holzzaun. Zwei Leitern: Das war nicht durchdacht. Das war kein Uhrwerk und keine Maschine!

„Hey, Willi, das ist doch ein schäbiger Witz!“, beschwerte sich Markus.

„Du willst uns auf den Arm nehmen!“, warf Vanessa ihm vor.

„Komm schon, gib's zu“, sagte Marlon verlegen. „Das hast du dir ausgedacht. Gerade eben, als du da hinten im Müll herumgesucht hast.“

„Den Lancelot-Test hoch zwei gibt es gar nicht“, fasste Leon zusammen. „Du willst uns nicht helfen. Du bist immer noch der, der gerade im Wohnwagen stand und der sich seit 30 Jahren vor sich selber versteckt. Zusammen mit Billi, dem Flugzeugpropellerversager, der unter der Brücke lebt. Du willst, dass wir uns vor denen da oben bis auf die Knochen blamieren!“

Er zeigte zum Hügel vorm *Teufelstopf*, auf dem jetzt die anderen Wölfe ihre Deckung verließen und sich neugierig zu Klette an den Wegrand setzten. Das Leuchten in Willis Augen verschwand. Er schwitzte, was kein gutes Zeichen war. Er zitterte leicht. Er hüstelte mehrmals. Und dann sagte er heiser: „Das stimmt!“ Er nahm seinen Hut und begann ihn zu kneten. „Alles, was ihr gesagt habt, entspricht leider der Wahrheit.“ Er sah die Enttäuschung in unseren Gesichtern. „Ich bin ein Versager. Ich hab mich versteckt. Ich bin damals gescheitert, als ich nach *Donnerschlag* ging.“

Die Stille im *Teufelstopf* war unerträglich geworden.

„Und den Lancelot-Test ...“, Willi holte tief Luft. „... den LT hoch zwei hab ich mir wirklich, wie Marlon es sagt, erst gerade eben im Müll ausgedacht.“

Ich verdrehte die Augen. Ich spürte die Tränen und wollte nicht weinen. Oh verflucht, war das peinlich! Ich konnte das Tuscheln der Wölfe schon hören:

„Gleich springen sie auf und rennen heulend zu Mama!"

Da wischte sich Willi die Ich-schau-bei-meiner-eigenen-Beerdigung-zu-Selbstmitleids-Fratze aus dem Gesicht und sagte mit plötzlich kräftiger Stimme: „Nur eins will ich nicht. Ich will euch auf keinen Fall lächerlich machen. Ich will nicht, dass ihr euch vor denen blamiert." Er deutete mit dem Kopf in Richtung der Wölfe: „Vor denen nicht, nein, und auch nicht vor jemand anderem." Er lächelte wieder. Das Funkeln in seinen Augen kehrte zurück und er wurde sogar etwas wütend. Nein, er wurde jetzt richtig wütend auf uns. So wütend, wie ein Trainer es wird, wenn er einem nach einem null zu fünf Rückstand in der Pause die Leviten liest und dadurch so motiviert, dass man das Spiel noch einmal dreht.

„Und deshalb", schnaufte und zischte und spuckte Willi vor Wut, „waren die letzten zwei Jahre für mich die Pest. Ich musste zusehen, wie ihr verreckt. Wie ihr vor die Hunde geht und es noch nicht einmal merkt. Wie alles um euch herum zerfällt, wie heute mein Wohnwagen zerfallen ist. Und nur, weil ihr Angst hattet. Weil ihr euch aus lauter Feigheit versteckt."

„Einen Moment!" Leon wurde jetzt sauer. „Wer hat mich denn so verzweifelt gewarnt?! Wer hat mir erzählt, wie schrecklich *Donnerschlag* ist?"

„Und wer ist mir nachgelaufen wie ein Hündchen dem Herrchen?“, fuhr Willi dem Slalomdribbler über den Mund.

„Und wer hatte Angst?“, fauchte Leon und ballte die Fäuste. „Wer war der Angsthase?! Wer hat gesagt: ‚Hihi und ha, Do-Do-Do-*Donnerschlag*!‘ Wer hat das gestammelt?!“, fragte er ihn.

„Und wer“, fragte Willi, „hat dir direkt im Anschluss gesagt, dass das das Paradies auf Erden ist?“

„Du meinst wohl die Hölle. Ja, das hast du gesagt.“ Leon spuckte fast Feuer, doch Willi lachte ihn aus: „Die Hölle, genau, in der nur die Besten der Besten spielen.“

„Und wohin keiner will!“, blaffte Leon zurück.

„Nein. Wovon jedes Kind träumt, dem Fußball etwas bedeutet!“ Willi lachte begeistert, was Leon und uns noch wütender machte.

„Genau!“, zischte er. „Jedes Kind. Ha! Und die, die sich alle umbringen wollen.“

„Aber doch nicht in echt!“, hielt Willi dagegen, und Leon legte die Hand auf die Brust. „Nein, aber da!“, wiederholte er Willis dämonische Worte. „‚Da bringt ihr euch um!‘ Das hast du gesagt. ‚Das tötet ihr, hört ihr, wenn ihr nach *Donnerschlag* geht. Ihr killt euren Mut. Und wenn der einmal tot ist, seid ihr nichts mehr wert. Denn wenn man nach *Donnerschlag* geht, hat man nur eine einzige Chance. Die muss man nutzen. Und wenn man da scheitert, ist es aus und vorbei.‘“ Tränen liefen Leon über die Wangen. „Hast du das gesagt?“

„Ja", nickte Willi, „das habe ich, Leon. Aber das andere auch! Verstehst du denn nicht? Das sind die beiden Seiten der Münze. Wer alles riskiert ..."

„... kann alles verlieren." Ich sagte die drei Worte wie ein Todesurteil.

„Genau!", nickte mir Willi genauso ernst zu. Doch dann lachte er wieder. „Aber wer nichts riskiert, hat schon alles verloren, und wer alles verloren hat, verliert am Ende sich selbst." Er schaute uns an. Er suchte nach Worten. Er wedelte hilflos mit den Armen herum. „Versteht ihr mich nicht? Ich konnte euch bis gerade eben nicht helfen. Nein, ich durfte es nicht. Ihr musstet euch diesmal alleine entscheiden. Ihr wart groß genug und ihr wärt es nicht mehr gewesen, wenn ich für euch entschieden hätte." Er sah mich stolz an. „Ja, bedankt euch bei Nerv. Er hatte den Mut, der dazu notwendig war. Nach *Donnerschlag* wird man nämlich nicht chauffiert. Da nimmt einen der Papa nicht ans Händchen. Da wäscht einem die Mama nicht das Gesicht. Da kriegt man zum Abschied auch kein Küsschen. Da geht man nur hin, weil man es selber will. Und wenn man es will, leuchtet der Schlüssel. Ich meine, den Fußballanhänger an der Kette. Los zeig ihn, Nerv, los!"

Ich kramte mit hochrotem Kopf in der Hose herum und zog die Faust mit dem Fußball heraus.

„Los, zeig ihn uns, Nerv!", befahl Willi energisch, und als ich die Finger ganz langsam öffnete, strahlte der Schlüssel in einem eiskalten Blau.

Die Wölfe auf dem Hügel erhoben sich raunend und April sah ihren Anhänger an. Auch der glühte eisig.

„Yeah!", hauchte Klette und Willi brummte zufrieden. „Gut. Und wenn er dann rot wird, so rot wie Nervs Kopf", er schmunzelte freundlich, „ist es Zeit für das Tor. Das Tor hinter der Halle im *Wilden Wald*. Ich meine den Baum auf dem Schlangenkamm. Und das kann jetzt jeden Tag passieren. Also, was ist? Können wir endlich mit dem Training beginnen?"

Da blieb uns einfach nichts anderes übrig: Wir gingen ganz brav zu unserer Tribüne und schleppten die Sessel, Sofas, Polster und Kissen für unser Selbstvertrauen zum Zaun.

DER LT HOCH ZWEI

Um halb sechs waren wir endlich fertig. Die Sofas und Sessel lagen samt ihrer Polster und Kissen zwischen den Leitern auf beiden Seiten des Zauns und die Sonne stand schon bedenklich tief, als ich zusammen mit Leon – vor den Augen der Kerle und denen der Wölfe auf dem Hügel vorm Tor – auf die rostigen Leitern stieg.

Ja, Willi hatte uns ausgesucht, den ‚LT hoch zwei' als Erste zu machen.

„Ich brauche den Anführer!", hatte er zu Leon gesagt. „Und dann brauche ich den, dem ihr am wenigsten traut. Den Kleinsten von euch. Den, der noch gar nicht zu euch gehört."

Könnt ihr euch vorstellen, wie ich mich fühlte? Wie weich meine Knie waren und wie laut mein Herz schlug, als ich zusammen mit dem coolsten der Kerle, mit Leon, dem Slalomdribbler, die Sprossen erklomm? So, das wusste ich plötzlich, hatte sich Jojo gefühlt, als er als Letzter der Wilden Kerle, der den Lancelot-Test noch nicht absolviert hatte, auf Willis Befehl gegen Rocce, den Zauberer, hatte antreten müssen.

Die Leitern schwankten wie Gräser im Wind und ich war

heilfroh, als ich das obere Ende erreichte. Doch da wollte Willi, dass wir uns auf die Holzbretter stellten. Auf die Spitze der Holzbretter. Die staken windschief und brüchig aus dem Boden, und als ich mich endlich dazu überwand, schwankte ich wie ein Eichhörnchen auf einem zu dünnen Zweig und plumpste um Hilfe schreiend herunter. Ich fiel in die Polster, was mich davor schützte, dass ich mir etwas brach. Aber die Peinlichkeit, die mich überfiel, wurde durch den sanften Aufprall noch schlimmer. Ich hörte, dass Klette amüsiert kicherte, und als ich zum Zaun hinaufsah, stellte ich fest, dass Leon natürlich noch immer dort stand. Er kämpfte zwar mit dem Gleichgewicht. Aber er stand auf dem Zaun. Da reichte mir Willi die Hand.

„Versuch's einfach noch mal", sagte er lächelnd, und das wiederholte er auch noch genauso geduldig, nachdem mir beim zweiten und dritten Versuch dasselbe passierte.

„Versuch es noch mal!", schickte er mich selbst ein viertes Mal hoch, doch als ich die Spitze der Leiter erreichte, hatte er schließlich Mitleid mit mir. Er gab mir die „Kindergarten"-Anweisung: „Und jetzt setz dich hin. Versuch nicht zu stehen. Das reicht völlig aus!"

Ich wurde knallrot. Ich schämte mich schrecklich. Doch ich tat, was er sagte. Ich spürte die Ungeduld der anderen Kerle. Ich sah, wie Leon zu gähnen begann. Der Kerl stand inzwischen auf seiner Bretterzaunspitze, als würde er dort seit Jahren wohnen. Und ich – beim nicht mehr zu verheimlichenden Kopfkissenzipfellutscher! –, ich zitterte selbst noch wie Espenlaub, als ich wie ein Elefantenbaby auf einem zu langen Giraffenhals auf meiner Bohle hockte. Aber ich schaffte es schließlich. Mir wurde zwar schlecht. Ich verstand jetzt alle Variationen von Schwindelgefühl. Doch ich fiel nicht mehr runter. Da gähnte Leon noch einmal gelangweilt.

„Und jetzt?“, fragte er Willi und schaute dabei zu den uns noch immer beobachtenden Wölfen. „Wie werden wir uns jetzt vor unseren Gegnern blamieren?“

„Schließ einfach die Augen.“ Willi blieb ruhig. „Und dann sagt dir Nerv, wohin du deinen Fuß setzen sollst, damit du die ganzen 12 Meter über den Zaun bis zu ihm gehen kannst.“

„Das ist nicht dein Ernst?!“, wehrte sich Leon erschrocken. „Der schafft es noch nicht einmal, auf einer Planke zu sitzen. Wie soll der dann wissen, wie man darauf herumgehen kann?“

„Ganz einfach“, sagte Willi. „Indem du dem Kleinen, ja, dem *Kleinen* vertraust.“

Ich zuckte zusammen.

„Ja, so kann der Zwerg das vielleicht auch einmal lernen. Der Pimpf!“, sagte Willi, und ich, ich hasste ihn jetzt für das, was er sagte. „Das denkt ihr doch alle über den Dreikäsehoch. Das denkt ihr doch, oder? Dass er ein Nichtskönner ist.“
Er schaute von Leon über die Kerle zu mir. „Und du weißt, dass sie das denken, aber du willst das nicht, oder?“

Ich senkte den Blick beschämt zu Boden, aber Willi war noch nicht fertig mit mir.

„Und trotzdem tust du alles, um ihnen recht zu geben. Oder wie soll ich dein Jammerlappen-Getue hier anders verstehen?“

Mir stockte der Atem. „Warum tust du das, Willi?“, fragte ich leise, und er herrschte mich an. „Ich kann dich nicht hören! Ich versteh keinen Kerl, der ein Kerl sein will und der anstatt mit seinem Trainer mit seinen Füßen spricht!“

Da zog ich mein Herz aus den Socken und durch meinen Schlüpfer zurück in die Brust.

Ich hob meinen Kopf. Mein Kinn war so schwer wie ein riesiger Amboss, und ich erwartete, in das hässliche Maul eines Monsters zu sehen. Doch als ich mich endlich traute und Willi ansah, schaute ich in das Gesicht eines richtigen Freundes. Oh, war das schön! Willis Augen leuchteten wie Christbaumkugeln am Heiligen Abend und sein Lächeln war warm.

„Warum tust du das?“, fragte ich ihn noch einmal, und er sagte leise:

„Weil die sich da irren!“ Er zeigt auf die Kerle, die vor dem Zaun standen. „Und weil ich will, dass du es ihnen beweist.“ Er hob seine Stimme. „Denen da, hörst du, und den Wölfen da oben. Ich will, dass die sich, wenn wir hier fertig sind, vor Angst im Weltuntergang verstecken.“

Ich lächelte jetzt und spähte verlegen zum Hügel hinauf. Ich sah den skeptischen Blick von Klette. Doch sie war auch überrascht und sogar etwas erschrocken. Genauso wie April und die anderen Wölfe. Das sahen auch Marlon und Vanessa ganz deutlich und legten den Arm über die Schulter des anderen.

„Dann fangt endlich an!“, lachte die Nummer 10. „Brüderchen, mach schon. Oder hast du vielleicht Angst?“

Da fluchte der Slalomdribbler. Er blitzte mich an.

„Also, los“, sagte er, „dann spiel jetzt mal Schicksal.“

Er schloss seine Augen und hob einen Fuß.

Ich holte tief Luft.

„Was ist?“, fragte Leon. Er schwankte bedenklich. Er schien schon zu stürzen und ich spuckte den Kloß vor Schreck aus dem Hals. „Rechts!“, rief ich schnell. „Und etwas weiter nach vorn. Und nicht mit der Ferse. Ja, so ist es gut. Spürst du die Stelle? Sie ist glatt und gerade.“ Ich sah Leons Fußballen, der jetzt die einzige und höchstens zwei Finger breite Fläche auf der geborstenen Bohle fand.

„Und jetzt pass gut auf: Sie neigt sich nach links, ähm, ich meine mein Links und das ist dein Rechts ...!“

„Was denn jetzt?“, fragte Leon unsicher und taumelte wieder.

„Rechts!“, rief ich, „Rechts. Ja, und hab keine Angst, wenn die Bohle jetzt nachgibt. Sie wird etwas federn.“

„Etwas federn, okay!“, wiederholte Leon die Worte und verlagerte dabei sein Gewicht. „Etwas federn. Ohoooh!“, rief er, als die Bohle nachgab. „Oh, Nerv, du nervst!“, schimpfte der Slalomdribbler und ruderte panisch mit den Armen. Doch dann fand die Bohle ihren Halt.

„Yeah!“, grinste ich. „Aber das ist mein Schicksal.“

Ich fixierte die nächste Brettspitze, überprüfte kurz, wie die Bohle im Boden stand, wie weit sie sich neigen konnte, bevor sie von der daneben wieder gestützt und gehalten werden würde, und wies Leon dann an.

„Hey, das Spiel macht mir Spaß!", lachte Leon urplötzlich, als er sechs der zwölf Meter hinter sich hatte. „Und Nerv, du bist gut."

Ich wurde knallrot und normalerweise hätte ich das als peinlich empfunden. Doch jetzt und hier war mir das plötzlich egal. Die, die mich sehen konnten, waren meine Freunde. Sie vertrauten mir endlich. Das freute mich, hört ihr?! Deshalb wurde ich rot, und die auf dem Hügel sollten das sehen.

„Und mir macht das auch Spaß!“, rief ich zu Leon hinüber, und dann ging alles auf einmal ganz leicht. Für die zweiten sechs Meter brauchte Leon nur noch die Hälfte der Zeit, und für den Rückweg, den Willi ihm danach auch noch abverlangte, brauchte er von dieser Hälfte nur noch ein Drittel.

„Bravo!“, applaudierte Willi begeistert. „Das war großartig! Und jetzt bist du an der Reihe. Jetzt schließt du deine Augen und Leon führt dich.“

„Oh nein!“, stöhnte ich auf, und im selben Moment war alle Freude verschwunden. Aber Willi blieb hartnäckig.

„Oh doch!“, grinste er. „Und wenn du das tust, wirst du ein Wunder erleben.“

„Ein Wunder?“, fragte ich skeptisch und schaute von Willi über die Kerle zu den Wölfen hinauf. Dort tanzte Klette jetzt im Kreis.

„Ein Wunder. Ein Wunder. Ein Wunder!“, sang sie. „Der Pimpf braucht ein Wun...!“

Das letzte Wort schaffte es nicht mehr aus ihrem Mund. Der klappte jetzt nur stumm auf und zu. Es verschlug ihr die Sprache und sie fiel vor Staunen auf den Boden, als sie sah, dass ich aufstand. Ich hörte auf Willi, und indem ich das tat, verstand ich, was für ein Wunder er meinte. Ich hatte begriffen, was Vertrauen bedeutet und was es alles bewirken kann. Ja, das war der Lancelot Test hoch zwei! Leon hatte mir sein Vertrauen geschenkt und ich schenkte ihm dafür jetzt meins. Ihm und auch Willi, unserem Trainer, und weil ich das tat, weil ich ihnen mein Vertrauen schenkte, fand ich mein eigenes Selbstvertrauen. Verfuchst! Und ich brauchte dafür keine Polster, keine Kissen und Sofas mehr. Ich schloss meine Augen und stieg fast zu schnell für Leons Anweisungen über die schwankenden Bohlen zu ihm hinüber und wieder zurück.

„Sternengefunkelter Drachenschweif!“, rief ich und tanzte dabei auf der Bohle, von der ich noch vor einer halben Stunde viermal hintereinander – und das auf die peinlichste Art und Weise – heruntergerutscht oder -gefallen war.

„Leon, pass auf, sag jetzt mal nichts. Ich glaube, ich brauch deine Anweisungen nicht. Ich kann es auch ohne. Ich kann es allein.“ Ich holte tief Luft. Ich konzentrierte mich. Ich schloss meine Augen, und dann ging ich los. Ich hörte das staunende Flüstern der Kerle. Ich spürte, dass sich die Wölfe auf dem Hügel erhoben. Ich fühlte mich wie ein Zirkusartist, der ohne Netz und Sicherungsseil seinen ersten Salto mortale macht. Doch dann fand mein Fuß den ersten Halt. Ich fühlte und sah es und dann sah ich alles. Obwohl ich die Augen geschlossen hielt, konnte ich den Bretterzaun vor mir sehen. Ja, vor meinem Selbstvertrauensauge, und ohne noch einmal daran zu zweifeln, lief ich über die Bohlen hinweg.

„Dampfender Teufelsdreck!“, raunte Markus, und Raban putzte sich über die Brille. „Hip ... Hippo ... Hip!“, rang er staunend nach Worten und ich half ihm aus. „Meinst du vielleicht den Propellerschwanz, den der Nilpferdbulle dreht, wenn er seine Flitzkacke ..."

„... gegen eine Palme schießt", grinste Raban und strahlte mich an.

„Genau!", lachte Willi. „Die hat er gemeint, weil er an der Reihe ist. Kommt, Juli und Raban. Rauf auf die Leitern."

Doch anstatt sich zu fürchten, kletterten die beiden sofort auf den Zaun, von dem Leon und ich in die Polster sprangen. Sie grinsten sich an und machten die Übung. Zuerst führten sie sich und dann liefen sie beide allein, so wie ich es ihnen vorgemacht hatte, über die Bohlen.

„Alles ist gut!", kam Leon zu mir und reichte mir eine Apfelsaftschorle. Die hatte er für mich aus dem Kiosk geholt. Er, hört ihr: er, der Slalomdribbler, Torjäger und Blitzpass-torvorbereiter. Der Anführer der Wilden Kerle hatte mir eine Apfelsaftschorle geholt.

„Alles ist gut!", grinste er, als ich ihn immer noch anstarrte, und als ich endlich mit ihm anstieß, prosteten mir die anderen zu.

„Solange du wild bist!", riefen Markus, Maxi, Vanessa und Marlon.

Wir tranken die Apfelsaftschorlen auf ex und danach lehnten wir uns aneinander. Ja, ich lehnte an Leons Schulter und er an meiner, und so sahen wir zu, wie ein Kerlepaar nach dem anderen auf den Bretterzaun stieg. Zuerst Markus und Maxi. Die beiden erzwilden Kerle schafften die Übung mit links und variierten sie deshalb noch einmal, indem sie sie hüpfend auf einem Bein absolvierten. Da wollte sich Marlon nicht lumpen lassen. Er war der Älteste und die „Intuition“. Er stand auf dem Holzzaun gegenüber Vanessa, als die Sonne unterging, und in ihrem feierlich roten Licht fragte er seine Freundin: „Und? Vertraust du mir wirklich?“

Vanessa schaute ihn an. Sie schien noch zu zögern und ihr Blick wanderte über Marlons Schulter hinweg zum Hügel hinauf, auf dem sich jetzt April aus den um sie sitzenden Wölfen erhob.

„Vertraust du mir wirklich?“, fragte Marlon noch einmal, und es schien so, als wollte Vanessa seine Frage nicht hören. Sie fixierte das Mädchen mit den zu einem Turban gebundenen Rastas und spürte ihren stolzen und spöttischen Blick. Dann hob April den Arm, und als sie ihn streckte, schoss ein Falke herbei, um darauf zu landen.

Vanessas Augen zuckten nur kurz. Doch daran, wie sie die Finger in ihre Handballen grub, konnte man sehen, wie sehr es sie traf.

„Du vertraust mir doch, oder?“, fragte Marlon beschwörend, und dann war es still.

Der Falke schrie einmal spöttisch und scharf und Vanessa hob langsam, ganz langsam den Blick. Sie schaute Marlon direkt in die Augen. „Ja“, sagte sie leise und zwang sich zu nicken. „Ja!“, sagte sie lauter. „Ich vertraue dir.“ Sie holte tief Luft. „Ich vertraue ihm!“, rief sie zum Hügel hinauf, und dann steckte Marlons Lachen sie an.

„Gut!", rief er. „Gut! Dann lass es uns ihnen endlich beweisen."

Er sprang vom Zaun, lief quer über den Bolzplatz auf die andere Seite und kletterte dort über die von uns leer geräumte Tribüne auf den wackligen Zaun.

„Nerv, gib Vanessa deinen Ball. Wir laufen einmal um den *Teufelstopf* und wir passen uns dabei die Bälle zu. Volley, hört ihr? Und mit verbundenen Augen."

Er zog sich das Stirnband aus den Haaren und rief dann zu Willi: „Und du, schalte bitte die Baustrahler ein. Ich will, dass sie es sehen. Ich will, dass sie sehen, wer gegen sie spielt, wenn der Schlüsselanhänger seine Farbe verändert."

Willi tat gern, was Marlon verlangte. Er kippte den Hebel, und nach einem heftigen Britzeln und Funkeln gleißten tatsächlich noch einmal drei Scheinwerfer der einstmals so stolzen Wilde-Kerle-Baustrahler-Flutlichtanlage auf.

„Gut!", lachte Marlon. „Das ist hell genug! Könnt ihr uns sehen?", rief er zu April und den Wölfen auf dem Hügel hinauf. „Dann zeigen wir euch jetzt, dass wir unsere Herzen noch haben. Und die schlagen noch wild!" Er schaute ein letztes Mal zu Vanessa hinüber. Die hielt ihr Piratenkopftuch bereits in der Hand.

„Ich mach das", rief Marlon, „weil ich das nur mit dir machen kann. Nur wir können das schaffen. Verstehst du mich?!"

Und Vanessa verstand. Das zeigte das Leuchten in ihren fast

schwarzen Augen, vor die sie sich jetzt ihr Kopftuch band. Das Leuchten, das Marlon so sehr an ihr liebte.

„Warte!", rief ich und lief zu meinem Tigerfahrrad, riss den Ball aus dem Netz und warf ihn ihr zu. Doch anstatt ihn zu fangen, rief sie nur lachend: „Dann geht es jetzt los!", und drosch das Leder direkt und volley hinüber auf die andere Seite. Dort sprang Marlon bereits mit Stirnband verbundenen Augen über die Bohlen. Er rannte und tanzte. Er drehte sich

sogar einmal im Kreis, jauchzte vor Freude und passte den Ball zu Vanessa zurück. Die hatte inzwischen den Wachtturm in der Ecke hinter Willis Kiosk erreicht. Sie packte mit beiden Händen eine der Stangen, auf denen sich der Turm über den Holzzaun erhob, schwang sich waagerecht um sie herum und katapultierte meinen handbemalten Wilde-Kerle-Ball hinüber zu ihrem Freund. Der rannte direkt vor den Nasen der Wölfe über die Stirnseite des wackeligen Zauns. Er hörte und spürte das heransausende Leder, trat auf den rechten Pfosten des Tors, sprang in die Luft, schlug einen Salto rückwärts und schickte den Ball satt mit dem Vollspann zu seiner Freundin zurück.

„Alles ist gut!“, rief er mit erhobener Faust, als er vom linken Torpfosten auf den Bretterzaun sprang, und „Solange du wild bist!“, jauchzten wir alle begeistert.

Selbst Willi hüpfte vor Freude, als Vanessa urplötzlich von den Füßen auf ihre Hände sprang, zögerte, innehielt, und Marlons etwas zu kurz geratenen Pass mit einem Breakdancer-Scherenschlag bediente. „Marlon! Pass auf!“, rief sie intuitiv, als die Nummer 10 jetzt das löcherigste Zaunstück erreichte. Das Stück vor dem Mittelkreis, vor dem wir standen und um das wir die Polster aufgetürmt hatten.

„Ja, Marlon, pass auf!“, rief ich entsetzt, als sein Fuß – oh, ich sah es in Zeitlupe, wie es passierte! – vielleicht um einen halben Zentimeter die Mitte der zwei Finger breiten Fläche verfehlte, auf der ein sicherer Stand möglich war.

„Krumpelgekrächzter Bruchpilot!“, schrie ich auf, und vielleicht erschrak sich Marlon in diesem Moment mehr vor meinem erschrockenen Ausruf als vor seinem eigenen Fehltritt. Er stolperte vorwärts. Er wurde noch schneller. So, als hätte er vor, sich selbst zu überholen. Krumpelgekrächzt! Habt ihr so was schon mal erlebt? Wenn ihr aus lauter Übermut viel zu schnell lauft und beim Laufen schon merkt, dass ihr gleich stürzt?

„Marlon!“, schrie ich noch einmal und starrte genauso fassungslos auf den Ball, auf den er jetzt mit dem Kopf voraus zuflog. Wie wollte er den zu Vanessa zurückschlagen? Das war physikalisch unmöglich: Wenn man nach vorn fliegt und der Ball von schräg hinten kommt, kann man ihn nicht dorthin zurückköpfen. Das geht nicht, hört ihr! Erst recht nicht über eine Distanz von über 53 Metern.

„Marlon!“, schrie ich. „Das kannst du nicht schaffen!“

„Ich weiß!“, zischte Marlon. „Aber ich wär nicht der, der ich bin, wenn ich es nicht versuchen würde.“ Damit rammte er seinen Kopf gegen die Kugel und versetzte ihr einen Schlag, der dem von Maxi „Tippkicks“ Triple M.S. mindestens ebenbürtig war. Das Leder donnerte schräg nach vorn, traf das Dach von Willis Kiosk und prallte von dort wie eine Billardkugel zu Vanessa zurück.

„Heiliger Zauberbesenflugbogenkopfball!“, raunte ich heiser.

Doch der Ball war zu kurz. Zu kurz für den Zaun, und Vanessa, die gerade über das Tor vor dem Hügel sprang, spürte den Spott und die Häme der Wölfe.

„Das war's!", fauchte Tronje.

„Ja", nickte April. „Und es war gar nicht schlecht. Es war nur leider nicht gut genug." Sie verzog ihren Mund zu einem triumphierenden Lächeln, doch Vanessa spürte auch etwas anderes. Sie spürte Erleichterung. Ja, April wäre froh, wenn sie scheitern würde. Und das hieß nichts anderes als: Sie hatte Angst. Angst vor dem, was die Kerle konnten.

„Vanessa! Das packst du!", rief Marlon beschwörend und schaffte gleichzeitig selbst das Unmögliche. Er rollte seinen Flugkopfball auf den Holzbohlen ab, verlor dann den Halt, fiel Richtung Boden, klammerte sich geistesgewärtig an eines der Bretter, berührte, als es sich bog, beinah den Sand und schwang sich daran – wie von einer Feder gezogen – wieder zurück auf den Zaun.

„Ja, alles ist gut!“, rief Marlon begeistert, und als wir ihm antworteten, als wir wie eine Stimme schrien: „Solange du wild bist!“, sprang Vanessa vom Zaun. Ja, sie sprang aus dem *Teufelstopf*, als würde sie fliehen. Doch dann ergriff sie die Fahne, die vom Turm wehte, und schwang sich daran wie an einer Liane zurück in den *Teufelstopf* und schoss meinen Ball eine Handbreit über dem Boden in Richtung Tribüne und Marlon zurück.

Wir sprangen auf. Wir umarmten uns alle.

„Hast du das gesehen!“, rief Raban unter seiner beschlagenen Coca-Cola-Glas-Brille hervor und Juli warf seine Mütze hoch in die Luft, wo sie mit Markus' Torwarthandschuhen tanzte.

„Sie hat es geschafft!“

„Sie hat ihn erwischt!“

„Sie hat es uns und den Wölfen bewiesen!“

„Oh, Willi, ich liebe dich!“, rief ich und sprang dem verdatterten Trainer auf den vor Rostwolken staubenden Arm. Um mich herum war plötzlich alles ganz rosa, und der Rest war ein Kinderspiel. Marlon pflückte den Ball hinter der Tribüne cool aus der Luft und jonglierte ihn so lang, bis Vanessa ihren Startpunkt auf der anderen Seite erreichte. Dann lupfte er ihn in einem hochhaushohen, aber ganz sanften Bogen zu ihr hinüber, damit sie ihn mit ihrem Nacken auffing. Von da rollte er brav über den ausgestreckten Arm, blieb auf dem Handrücken liegen und bewegte sich selbst nicht, als sie sich verbeugte.

„Wir danken euch!", rief sie zu den Wölfen empor. „Wir danken euch dafür, dass ihr uns aufgeweckt habt!"

Doch als sie das Tuch von den Augen riss und sich wieder erhob, waren die Wölfe verschwunden. Vanessa schaute verwundert vom Hügel zu Marlon und dann bewundernd zu Willi hinab.

„Ja, und ich danke dir, Willi! Du bist ein Genie!"

Sie strahlte ihn an und Willi brummte verlegen.

„Nein, ich hab doch eigentlich gar nichts gemacht!"

Er stellte mich vorsichtig auf den Boden.

„Ich hab doch nur im Müll rumgesucht!"

„Ja", nickte Vanessa, „und dort hast du unsere Herzen gefunden. Los!", rief sie, „lasst uns bei Willi bedanken. Heute ist Wasch- und Badetag." Damit sprang sie vom Zaun und dann jagten wir den sich zeternd und schimpfend wehrenden Willi dreimal durch den *Teufelstopf*.

LEBENDIG BEGRABEN

Willi wurde zuerst samt seiner mit Rost eingestaubten Klamotten unter die Gießkannendusche geschleppt. Dann zwangen wir ihn in die Wanne, die Markus und Maxi aus dem Schrotthaufen des Wohnwagens zogen. Wir spannten ein paar Tücher als Sichtschutz für seine Privatsphäre auf. Wir ließen ihm mit dem auf dem Feuer im Ölfass erhitzten Wasser ein Schaumbad ein, das bis nach Bora-Bora duftete, und erlaubten ihm erst wieder, aus der Wanne zu steigen, als sein Nadelstreifenanzug gewaschen an der Leine hing. Auch die Punkte auf seinem Hemd waren wieder weihnachtsschneeweiß, und genauso fühlten wir uns, als wir zu Beginn der Geisterstunde aus dem *Teufelstopf* fuhren.

Zu Beginn der Geisterstunde. Ja, das dachte ich wirklich, und ich wusste beim besten Willen nicht warum. Wir fühlten uns nämlich wie neugeboren und in dieser überschwänglichen Laune brachten wir einen nach dem anderen nach Haus. Zuerst Raban, dann Juli, dann Maxi und Markus. Ich hielt mir die Augen zu, damit mir nicht schlecht wurde, als Marlon Vanessa zum Abschied echt küsste, und dann fuhren wir nur noch zu dritt und absolut schweigend durch die leeren Straßen der Stadt.

Das einzige Geräusch, das wir zu dieser Stunde noch hörten, war das Rauschen der Reifen auf dem Asphalt. Ja, und ab und zu unser Lachen, wenn sich einer von uns an Vanessas Fahnen-Lianen-Flugvolley-Scherenschlag erinnerte. Wow! War der vielleicht cool gewesen! Doch kurz vor dem Gartentor vom Haus ihres Vaters bemerkte Marlon urplötzlich, dass ich ja auch noch da war.

„Hey! Einen Moment!" Marlon bremste abrupt und wir hielten überrascht ein paar Meter vor ihm. „Leon, wir haben doch tatsächlich unseren wichtigsten Mann vergessen. Den Schlüsselträger, der uns nach *Donnerschlag* bringt." Er grinste mich an und ich wurde verlegen. Verlegen vor Stolz.

„Na klar!", lachte Leon. „Und den müssen wir doch nach Haus eskortieren. Stell dir vor, ihm passiert was, und der Schlüssel ist weg!"

Ich leuchtete jetzt wie die Nase von Rudolph. Rudolph, dem Rentier, das kennt ihr doch, oder? Doch das war so schön. Das war noch viel schöner als das weihnachtsschneeweiße Glücksgefühlkribbeln, das ich die ganze Zeit schon empfand.

„Heißt das, ich bin jetzt einer von euch?"

Ich sah das Leuchten in Leons Augen. Das war Freundschaft und Anerkennung hoch zwei. Und Marlon wollte gerade noch etwas viel Wundervolleres sagen, da hörten wir alle:

„Das glaube ich nicht!"

„Wie bitte? Was?" Ich stutzte erschrocken und wurde ganz bleich.

Weihnachtsschnee, Glücksgefühl und Rentiernase waren verschwunden. Stattdessen wurde mein Blut zusammen mit meinem Herz durch den Schlüpfer in meine Socken gepresst und ich wusste sofort, warum ich bei unserem Aufbruch kurz daran gedacht hatte, dass die Geisterstunde beginnt.

Die Hexe von ... ähm, ich mein' meine Mutter ... stieg aus dem Smart, der im Schatten der gegenüberliegenden Toreinfahrt parkte, und ging einmal um den kleinen Wagen herum. Sie sah wie der Ritter der Finsternis aus. Das streng zu einem Knoten gebundene Haar war ihr Helm, das Kostüm ihre Rüstung und auf ihrem Mantel, der lose um ihre Schulter wehte, suchte ich die Aufschrift „Inquisition", „Folterknecht", „Galgen".

„Ich glaube, mein Sohn gehört erst mal nirgendwohin. Außer nach Hause", sagte sie zum Ersticken-süß-Kakaopulvertrocken und öffnete für mich die Beifahrertür.

„Das heißt, ich muss gehen!", übersetzte ich hilflos, versteinert, und Marlon und Leon schielten respektvoll zu meiner Mutter hinüber.

„Das heißt, er hat Hausarrest?", fragte Marlon vorsichtig, während ich dem Befehl meiner Mutter gehorchte und zu ihr und dem Auto ging. „Und wie lang, wenn ich fragen darf, wird dieser Hausarrest dauern?"

Doch das durfte er nicht. Auf jeden Fall dachte meine

Mutter gar nicht daran, ihm auch nur ein Wimpernzucken zu schenken. Sie packte stattdessen meinen Hinterkopf und schob mich mit festem Griff in den Smart.

„Okay, ich verstehe. Er hat lebenslänglich gekriegt. Mindestens lebenslänglich!", schluckte Marlon respektvoll, doch Leon schüttelte nur den Kopf.

„Nein", sagte er bitter. „Das reicht bei Weitem nicht aus. Nicht, so wie die aussieht."

Meine Mutter fuhr augenblicklich zu ihm herum.

„Einen Moment!", fauchte sie leise, doch drohend, und ich schlug schon drei Kreuzzeichen für meinen erst heute gefundenen Freund.

„Einen Moment!" Meine Mutter spuckte jetzt Feuer, doch Leon, der Slalomdribbler, hielt das immer noch aus.

„Was hab ich gesagt!", grinste er rotzig und frech. „Der kriegt nicht lebenslänglich. Der wird lebendig begraben."

Da hob meine Mutter zornig den Finger. Sie hob ihn, wie Harry Potter seinen Zauberstab hebt, wenn er sich mit Voldemort duelliert. Nur dass Leon nicht Voldemort war.

„Ich ...", zischte sie, „... ich ...", und ich sah schon den Blitz, mit dem sie Leon gleich zu einem Häufchen Asche zerstäuben würde. Da zischte sie noch einmal: „... ich ..." Doch das klang jetzt so, als hätte jemand ein Loch in meinen Fahrradreifen gestochen. Die Luft entwich zischend. Die Hand meiner Mutter wirbelte wie ein Luftballon durch die Luft, an dem der Knoten aufgeplatzt war. Sie grummelte etwas, was keiner verstand, schlug die Beifahrertür zu, dampfte zur Fahrertür, trat schon beim Einsteigen aufs Gaspedal und raste mit quietschenden Reifen los. Doch sie raste nicht vorwärts. Der Smart sprang nach hinten. Sie rammte die Mülltonnen gegen das Garagentor, was fast so laut war wie Camelots Horn. Das Auto schrie auf, als sie das Getriebe in den Vorwärtsgang zwang, und ich hörte ungläubig, wie sie fluchte und schimpfte: „Oh, ich, ... ich mag deine Freunde! Und ich hab euch gesehen. Oh ja, auf dem Bretterzaun. Das war wunderbar, hörst du!“ Sie blitzte mich an und sie war so zornig und wütend, wie ich sie noch nie gesehen hatte. „Das war wunderbar, hörst du! Fuchsteufel, ja! Und du, du warst einfach fantastisch!“

Dann gab sie Gas, und ich schaute verwirrt und verdattert zu Marlon und Leon, an denen wir nach dem Mülltonnen-Garagentor-Rückwärtsgang-Donner auf zwei Reifen vorbei auf die Straße jagten. Ich sah ihre genauso verwirrten Gesichter. Ich sah ihre Angst. Die Angst um mich und um ihre Mannschaft. Pechschweflig gequirlte Kuhfladensoße! Ich hatte den Schlüssel. Den Schlüssel für *Donnerschlag*! Und dann – wir kippten gerade wieder auf unsere vier Räder zurück – sah ich noch etwas viel Schlimmeres: Ich sah den Wipfel des Baums vor dem Haus, in dem die beiden wohnten. Und dort sah ich April. Ja, April, die Wölfin, saß auf dem Ast: dem Ast, der wie eine zweite Fensterbank direkt vor Marlons Zimmer wuchs.

HI! ICH WOLLT DICH NICHT STÖREN, ABER HAST DU MAL ZEIT?

Und genau an dieses Fenster klopfte die Wölfin zwei Stunden später. So lange hatte sie zugeschaut, wie sich Marlon quälte und marterte. Wie er abwechselnd in Leons Zimmer verschwand oder dieser zu ihm kam. Wie sie sich wortlos anstarrten, um dann hilflos und wütend gegen die Bettpfosten zu treten. Um sich die Haare zu raufen oder die Wut rauszuschreien, bis ihr Vater ein Machtwort sprach. „Schlaft jetzt!“, befahl er. „Um zwei Uhr in der Nacht kann man keine Probleme mehr lösen.“

Marlon und Leon blieb nichts anderes übrig, als ihm zu gehorchen. Sie legten sich hin. Sie wälzten sich auf ihren Betten und schließlich schliefen sie ein. Leon zuerst und dann auch Marlon. Doch sein Schlaf war nicht gut. Er träumte immer wieder dasselbe. Er sah Nervs Faust. Er sah, wie sich seine Finger ganz langsam spreizten, und dann sah er den kleinen blau leuchtenden Ball. Er sah das blaue Leuchten verblassen. Es kroch in die silberne Kugel hinein und nach einem kurzen Moment gleißte sie wieder leuchtend rot auf.

„Donnerschlagrot!“

Marlon riss seine Augen auf. Was sollten sie machen, wenn das jetzt passierte? Jetzt um halb drei in der Nacht und zu einer Zeit, in der man laut seinem Vater keine Probleme mehr löste? Da hörte er das Klopfen am Fensterglas.

„Krumpelkrautrüben!"

Er sprang aus dem Bett. So hatten sie sich doch früher geweckt. Und so hatte ihn Rocces Vater, der große Ribaldo, nachts im Pyjama zum alles entscheidenden Last-Minute-Schleimbeutelpendel-Clownsnasen-und-Schlappenparcours-Test abgeholt. Und die, die jetzt klopfte – dafür legte Marlon seine Beine ins Feuer –, musste Vanessa sein. Vanessa war da, um ihn zu holen. Ihn und die anderen. Damit sie mich, Nerv, zusammen befreiten. So wie sie Maxi vor drei Jahren befreit hatten. Erinnert ihr euch? Es war vor dem Spiel gegen den Dicken Michi gewesen, als alles begann ... „Vanessa!", rief Marlon.

Er rannte zum Fenster und riss es weit auf.

„Das ist gut, dass du kommst. Das ist ...!"

Marlon erstarrte und starrte sie an und sie sagte:

„Hi! Ich wollt dich nicht stören, aber hast du mal Zeit?" Sie rümpfte die Nase zu einem gerissenen Lächeln. „Ein ganz kleines bisschen, ein Minimy Zeit."

„Nein!", zischte Marlon. Er packte den Fensterflügel und wollte ihn schließen. Doch sein Arm war gelähmt.

„Nein?", fragte April verwundert enttäuscht. „Oder doch?"

Sie schenkte ihm ein Lächeln, das in ihren Augen begann

und danach ihr schönes Gesicht erhellte. Das Gesicht mit den glitzernden Perlentattoos.

„Okay!“, grinste sie. „Ich fass mich auch kurz. Ich wollt dich nur fragen, ob du eigentlich weißt, was die alten Kumpel so machen. Fabi, zum Beispiel?“

„Fabi ist weggezogen!“, fiel ihr Marlon ins Wort. „Er wohnt nicht mehr hier.“

„Ja, ja ich weiß, er wohnt jetzt in Hamm. Aber wusstest du auch, dass er bei den Biestern spielt?“

„Nein“, sagte Marlon kurz und erschrocken.

„Das hab ich vermutet“, nickte April mitfühlend. „Und dann weiß du auch nicht, was dein bester Freund macht? Wie hieß der noch mal? Rocce? Rocce, der Zauberer? Ja, ich hab es gewusst, denn so nennt er sich immer noch.“

„Wie bitte? Was?“ Marlon flüsterte nur. Ihm wurde schwindelig.

„Ja, auch Rocce, der Zauberer, ist stiften gegangen. Zusammen mit Annika. Sie spielen jetzt bei den Drachen und Jaguaren, und die leben gar nicht so weit von euch weg.“

Marlon stützte sich auf das Fensterbrett. „Das glaube ich nicht.“

„Natürlich, natürlich. Ich verstehe dich Marlon. Das ist wirklich nicht leicht.“ April seufzte und stöhnte. „Aber dann glaubst du auch nicht, was euer kleiner Joschka so macht. Dass er so heimlich trainiert, dass selbst sein Bruder Juli nicht weiß, dass er einer der *Sieben* ist? Der *Fantastischen Sieben*?

Und willst du noch wissen, wo Deniz jetzt spielt? Deniz, die Lokomotive, oder Felix, der Wirbelwind? Ja, der spielt auch in der Liga der Besten. Oder der andere, wie heißt der noch mal? Der mit der Sonne tanzt?"

„Das reicht!", stöhnte Marlon. „Hör bitte auf."

„Okay, wie du willst!" April zuckte die Achseln. „Es ist sowieso keiner mehr übrig geblieben. Außer denen, die zu dumm sind, um die Wahrheit zu sehen."

Sie sprang vom Ast auf das Fensterbrett und ging vor ihm in die Hocke. „Marlon, die Ratten, die klug sind, verlassen das sinkende Schiff." Sie schaute ihn an und lächelte freundlich.

„Was willst du von mir?" Marlons Stimme war heiser und brüchig und ...

„Oh!", raunte April. „Das ist doch ganz einfach. Ich wünsch mir, dass du bei den Wölfen spielst. Weißt du, ich hab dich gesehen." Sie hob ihre Hand und berührte sanft seine Wange. „Ich hab dich gesehen und ich hab es gefühlt. Verstehst du das nicht?" Sie schaute ihn an und wollte ihn küssen.

„Und was ist mit den anderen?", fragte Marlon verwirrt.

„Sie sind nichts ohne dich. Du bist ihr Herz. Du bist ihre Seele."

Er spürte, wie sie seine Lippen berührte. Zuerst mit den Fingern und dann mit dem Mund.

„Selbst Vanessa ist ohne dich nur halb so viel wert."

Er sah ihre Augen und das Lächeln darin.

„Ja", nickte er. „Das stimmt. Du hast recht."

Er genoss ihren Kuss. Er war hilflos und schwach. Er fühlte sich plötzlich von allen Wilden Kerlen betrogen.

„Und dasselbe gilt auch für die anderen Kerle. Sie haben nur so viel Selbstvertrauen, wie du ihnen schenkst. Ohne dich sind sie nichts." Sie schaute ihn an. Ganz aufrichtig, ernst. „Marlon, mit so einer Mannschaft überlebst du noch nicht einmal die Aufnahmeprüfung von *Donnerschlag*. Und um mehr oder weniger geht es hier nicht. Willst du so früh schon alles verspielen?" Sie strich ihm mitleidig über die Wange, schwang sich über den Ast auf die Straße und wollte schon weglaufen, als sie noch einmal innehielt. Sie griff in die Hosentasche und zog den Schlüsselanhänger heraus.

„Oh!", staunte sie, „unser Schlüssel wird rot! Dann sehen wir uns ja schon morgen. Wow!" Sie stieß vor Freude ein Wolfsheulen aus, sprang auf ihr Quad, das in einer Querstraße stand, und verschwand wie ein böser Traum in der Nacht.

DAS LEBEN IST HART UND UNGERECHT

Ich hörte die Quads und das Heulen der Wölfe. Davor konnten mich auch die drei Kissen nicht schützen. Die hatte ich mir zusammen mit meiner Daunendecke auf die Ohren gepresst. Und sie schützten mich auch nicht vor dem roten Licht, das zwischen den Fingern meiner Faust hervorquoll. Es sickerte durch die Kissen hindurch und legte sich brennend auf meine Lider.

„Nein!“, rief ich. „Nein! Das ist nicht gerecht! Hörst du mich, Mama? Heute geht es um alles. Du kannst mich nicht einsperren!“ Ich stand auf dem Bett und schrie Richtung Tür und der drei Dutzend Schlösser. Es war schon fast sechs. Sechs Uhr am Abend, und ich schrie schon seit Stunden. Seit Viertel vor neun, genauer gesagt. Denn da war das blaue Licht aus dem Fußball gekrochen und hatte dem roten Licht Platz gemacht.

Dem Donnerschlaglicht. Das rief uns seither – und ich war schon heiser.

„Mama! Das geht nicht! Warum tust du das, Mama? Du hast doch gesagt, dass du sie alle bewunderst. Du hast uns gesehen. Im *Teufelstopf,* Mama. Du hast mir gesagt, wie fantastisch ich war. Doch wenn du mich heute nicht gehen lässt, dann ist es vorbei. Für immer vorbei. Dann kannst du nichts mehr bewundern! Mama! Dann ist nichts mehr fantastisch! Ich bitte dich, Mama, ich flehe dich an!“

Ich schlug mit den Fäusten gegen die Tür. Dann brach ich zusammen. Ich fiel auf die Knie und rutschte dabei in den Berg aus Spielzeug und Kuscheltieren, mit denen ich – Stunden zuvor – vergeblich und wahnwitzig die Tür bombardiert hatte. Ich versank in dem Haufen wie ein Häuflein Elend und schluchzte heiser vor mich hin. Da öffnete sich endlich zumindest die Tür. Meine Mutter kam in mein Zimmer. Sie sah sich kurz um, entdeckte mich zwischen Teddy, dem T-Bären, und Otto, dem Schäfchen, seufzte und setzte sich neben mich hin.

‚Huh‘, dachte ich hilflos, ‚die Herzkönigin kommt, um den Igel zu holen, den sie als Cricketkugel benutzt.‘

Doch sie war ganz sanft.

„Hey“, sagte sie leise und zog mich auf ihren Schoß. „Das fällt mir nicht leicht. Das musst du mir glauben.“ Sie umarmte mich zärtlich, doch ich wollte das nicht. Ich hasste sie, hört ihr?! Da ließ sie mich los.

„Also gut“, sagte sie ruhig. „Ich versteh’ deine Wut. Aber jetzt sag mir ehrlich: Was glaubst du, ist einfacher für jede Mutter der Welt? Wie lebt sie leichter und bequemer? Indem sie ihrem Kind etwas verbietet oder indem sie ihm alles erlaubt?“

Ich starrte sie an. Das war absolut fies. Diese Frage war hinterhältig. Doch sie passte zu ihr. Das war die Frage einer Hexe, und ich hatte nicht vor, ihr eine Antwort zu geben. Doch sie war geduldig. Ihr wisst schon: so hartnäckig sanft-und-du-musst-mich-verstehen-geduldig.

„Was meinst du wohl, Nerv?", fragte sie mich weiterhin freundlich, obwohl ich absolut unfreundlich für zwei Minuten geschwiegen hatte. „Was ist für sie leichter?"

„Dass sie alles erlaubt!", zischte ich wütend und dachte, dass sie jetzt zufrieden wäre. Aber Pustekuchen, hört ihr, das war meine Mutter:

„Okay", fragte sie weiter. „Und warum verbietet sie dann? Was meinst du, mein Sohn?!"

Oh, wie hasste ich das, wenn sie mich so nannte: mein Sohn! „Warum riskiert sie den Zorn ihres Sohnes, den sie so liebt, und verbietet ihm etwas, was er sich so wünscht?"

„Ich hab keine Ahnung", schniefte ich meine Antwort, doch ihr Blick sagte alles. Er sagte: „Du lügst." Und sie hatte recht.

„Also gut", blaffte ich. „Sie macht es aus Liebe. Weil sie ihn halt beschützen will."

„Gut", sagte sie. „Das Erste war richtig. Doch das Zweite war falsch. Sie will ihn nicht schützen. Ganz im Gegenteil, hörst du. Sie will, dass er wächst. Sie will, dass er groß wird. Und wie wächst man, mein Sohn?", stellte sie schon die nächste verteufelte Frage.

„Indem man die Konsequenzen übernimmt für das, was man

tut.“ Ich sagte den Satz mit ganz spitzen Zähnen. So wie man etwas isst, das man überhaupt nicht mag. Regenwürmer zum Beispiel.

„Genau!“, nickte sie. „Und du hast die Regeln nun mal nicht befolgt. Die Regeln, die ich für dich aufgestellt habe.“ Sie hielt mir ihren Brief noch einmal vor meine vom Weinen und Schluchzen geröteten Augen.

„Und Regeln sind Abmachungen, an die man sich hält. Die gelten so lange, bis einer dem anderen erlaubt, dass er sie verändert. Verstehst du das, Nerv?“ Sie wartete, bis ich den Kopf schütteln wollte. „Nein?! Dann stell dir mal vor, du spielst das Spiel deines Lebens und in der letzten Minute gibt es ein Foul. Euer Mittelstürmer wird vor dem Tor von den Füßen geholt und ihr fordert Elfmeter. Doch dann kommt der Schiedsrichter und teilt euch kurzerhand mit, dass es die Regel ab jetzt nicht mehr gibt. Seit fünf Minuten vielleicht. Es gibt keinen Strafstoß und ihr habt deshalb verloren. Ist das gut und gerecht?“

Ich schluchzte und schluckte.

„Nein“, sagte ich. „Nein, aber ich verpass es doch gerade. Ich verpasse das Spiel meines Lebens, hörst du?!“

„Ja“, nickte sie, „und das tut mir sehr leid. Aber warum soll es im Leben anders sein? Anders als im Fußball? Warum, frag ich dich?“

Ich schwieg verzweifelt. Ich war nicht mehr wütend, denn sie hatte recht. Verflucht noch mal, ja! Beim apokalyptischen

Wahrheitstraumkiller! Sie hatte recht, und weil sie das hatte, starb jetzt mein größter und wichtigster Traum. Der Traum vom Freestyle Soccer Contest, von der Liga der Besten, von *Donnerschlag*, hört ihr, oder was noch viel wichtiger war: Mein Traum davon, für die Kerle zu spielen und endlich ein Wilder Kerl zu sein.

Ich lag einfach da, zwischen Teddy und Schäfchen, und starrte auf meine geschlossene Faust. Aus der floss noch immer das rote Glimmen: wie Wasser, das man nicht festhalten kann. Ich schluchzte und schniefte und ich wusste Bescheid: Ich steckte im Honig, mit Armen und Beinen, mit Bauch und Popo, und mein Leben war jetzt ein ganz langer Fluss: ganz lang und ganz langweilig und zum Ersticken ruhig.

Da ertönte die Klingel. Sie klingelten Sturm, und weil meine Mutter so sehr überrascht war, schlüpfte ich mit ihr aus dem Zimmer.

Draußen vor der Haustür drängten sich die Kerle die Treppe hinauf, und ich lachte, als ausgerechnet Maxi begann: der schweigsame Maxi.

„Hallo, Frau Nerv, ähm ich meine, Frau Oberpolizeidirektor, ähm, -torin! Mein Name ist Maxi und das sind die Kerle. Vielleicht haben sie ja schon mal von den Wilden Kerlen gehört. Aber wir hätten da eine ganz kleine Frage an Sie."

„Aber bevor wir die stellen", stand Markus seinem besten Freund bei. „Bevor wir die stellen, sollten Sie wissen, dass wir wissen, wie das mit dem Elfmeter so ist."

„Dem Elfer und diesem Schiedsrichterar... Entschuldigung, bitte!“, grinste Vanessa verschmitzt. „Ich meine, den Mistkerl, der die Regeln so ändert.“

„Und weil wir das wissen“, half ihr Juli aus.

„Und weil wir erwachsen sind“, erklärte ihr Leon.

„Auf jeden Fall so erwachsen, wie man mit 13 halt ist“, versuchte Raban sein Bestes und bekam als Lohn einen Tritt. Einen Tritt von Vanessa.

„Oh, du bist ja schon 14!“

„Das meine ich nicht!“ Sie trat ihn noch einmal.

„Autsch!“, fluchte Raban. „Oh, ich meine, autsch und egal. Ähm, egal, was Sie denken, ähm, ich meine egal! Aber was halten Sie davon, wenn wir Sie darum bitten, eine Regel zu ändern? Von Kerl zu Direktor oder Direktorenhexe.“

Es hagelte Tritte.

„Autsch!“, stöhnte Raban und hielt sich das Schienbein. „Entschuldigen Sie, aber ich bin immer ganz ehrlich. Ich kann gar nicht anders. Und wenn Sie uns Nerv geben, verspreche ich Ihnen, dass Leon und Vanessa, Maxi und Markus und Juli die Strafe für ihn gern übernehmen.

„Autsch!“, schrie er noch mal nach einer Sintflut von Tritten. „Und ich ... autsch, ich ... autsch, ich meine: ich auch.“ Er blitzte die anderen Kerle an. „Aber das geht natürlich nicht heute. Ähm, das geht erst ab morgen. Was meinen Sie, Hexe von ... autsch, Bogen ... autsch! -en.“

Er blinzelte durch seine Coca-Cola-Glasbrille und zog den

Kopf ängstlich wie eine Schildkröte ein. Denn meine absolut sprachlose Mutter wurde jetzt zuerst rot und dann finster wie Mordor.

„Oh“, stammelte er. „Das sieht gar nicht mehr gut aus. Ich mein, wie Sie gucken! Kennen Sie denn die drei Dinge nicht, ähm, ich mein' die drei Dinge, die, die, die, ähm Respekt ausmachen?“ Raban verkroch sich jetzt vollständig in seinem Wilde-Kerle-Shirt, denn ab jetzt konnte jedes Wort tödlich sein. „Ähm, ich spreche von Charakterstärke, oh, ja, und Strenge. Die haben Sie sicher. Das sehe ich, oh. Aber wissen Sie auch, was ... ähm ... Gnade ist? ... Gnade, verstehen Sie? Barmherzigkeit?“

Meine Mutter, das wusste ich, würde gleich explodieren, doch Raban war noch nicht fertig mit ihr.

„Oh, oh, ich verstehe“, sagte er voller Mitleid. „Und was ist mit Humor?“ Er verzog sein Gesicht zu einer Grimasse, die absolute Besorgnis ausdrückte. „Können Sie lachen, Frau, Frau, Frau ... Hek...se?“, fragte mein Held und schüttete damit Benzin ins Feuer. „Lachen Sie mit uns, wenn wir gewinnen? Tanzen Sie mit uns den Hexentanz?“ Er sang und tanzte vor meiner Mutter herum. Zuerst nur ganz zaghaft ... „Hopsassa, Huih! Ich krächze ganz grässlich!“ ... und dann immer wilder. Und als meine Mutter nichts anderes tat, als zu schweigen, zu dampfen und unterirdisch Lava zu kochen, lachte ich für sie:

„Aber natürlich tust du das, Mama. Du bist doch ein richtiges Partybiest. Du hast das Lachen doch erfunden!“ Ich schlüpfte blitzschnell an ihr vorbei, sprang zu Leon und Vanessa und hob die Hand zu einem High Five.

„Alles ist gut!“, rief ich triumphierend.

„Solange du wild bist!“, lachten die beiden, und im nächsten Augenblick rannten wir auf die Straße hinaus.

„Wir sehen uns morgen!“, rief ich zu meiner Mutter zurück, und Raban, der neben mir herlief, rief winkend und hüpfend. „Ja, wenn wir das Spiel heute Nacht überleben! Autsch!“, schrie er auf, weil ich ihn jetzt schlug. Ich meine: Das tat ich aus Spaß und er stöhnte lachend.

„Ähm, autsch, natürlich überlebt er's, ähm, ich frag mich nur, wie ...?“

Dann erreichten wir lachend die Räder der Kerle. Ich sprang zu Juli in den Raketenbeiwagen, quetschte mich hinter die Subwooferbox, und so ging es ab in den *Wilden Wald*.

DONNERSCHLAG

Wir rasten aus der Stadt, und als wir den Fluss und die *Magische Furt* durchquerten, drückte Juli den Knopf von Hadschi ben Hadschis „High-Noon-D-Day-Thunder-Blaster".

„Auf nach *Donnerschlag*!", rockten die Kerle und schrien ihre Entschlossenheit in den *Wilden Wald*.

„Wir rocken die Wölfe.
Wir verstecken uns nicht.
Wir strecken den Kopf bis in die Wolken hinauf.
Wir trotzen dem Wind,
den Blitzen, den Stürmen
und fordern den Donner, den Donner heraus!"

Der Subwoofer vor meinem Bauch brummte und röhrte die kräftigen Bässe, dass die Karosserie des Raketenbeiwagens heftig vibrierte. Ja, und vielleicht lag es an diesen Bässen, dass ich, als wir die *Gespensterbrücke* und das *Fauchende Tor* der *Geheimhalle* hinter uns ließen, ein flaues Gefühl im Magen bekam. Wir waren jetzt im „Wildesten Westen". Im westlichsten Teil des *Wilden Walds*. Dort war noch niemand von uns gewesen, und die immer tiefer stehende Sonne tauchte die Schluchten, die den Wald hier seit der Eiszeit durchschnitten, bereits in eine finstere Nacht. Die Bäume, die über uns aus den Felswänden wuchsen, um sich mit ihren noch laublosen Ästen in den Himmel zu krallen, raubten diesem das letzte Licht, und ich war plötzlich der Einzige, der im wilden Pulk noch sang.

„... Wir trotzen dem Wind,
den Blitzen, den Stürmen
und fordern den Donner, den Do...!“

Doch das klang plötzlich gar nicht mehr triumphierend. Das klang eher so, wie man pfeift, wenn man in einen von Monstern übervölkerten Keller geht. Ich verstummte betreten, und als wir den Fuß des langen Kammes erreichten, schaltete Juli den Blaster aus.

Es war jetzt ganz still, und in dieser Stille konnte ich noch nicht einmal die Turboschwungräder hören, die die Kerle aufheulen ließen. Ich hörte nicht, wie sie keuchten, als sie sich in die Pedale stellten und den steilen Kamm erklommen. Ich hörte auch nicht das Knacken der Wurzeln, die unter der Wucht unserer Räder brachen. Ich hörte nichts mehr. Ich sah nur die mächtigen Stämme der Bäume. Dann sah ich den Kamm, der sich wie eine Schlange oder der Rücken des Schicksalsdrachens durch den *Wilden Wald* zog, und dann sah ich auch sie: April saß, den Falken auf ihrem Arm, an der Spitze der Wölfe auf ihrem Quad und erwartete seelenruhig unsere Ankunft. Die Wölfe wirkten so cool in ihren gepanzerten Trikots, und wir keuchten und schwitzten. Ja, und das Keuchen war neben dem Pochen des Blutes hinter unseren glühenden Schläfen auch das einzige Geräusch, das wir hörten, nachdem April uns lässig begrüßte:

„Schön, dass ihr da seid!", lächelte das Mädchen durch das mit Reißzähnen bewehrte Visier ihres Helms hindurch. „Ich weiß, wie schwierig das ist, wenn man sich noch in dem Alter befindet, in dem man, wenn's dunkel wird, zuhause sein muss." Sie grinste gerissen. „Und wenn man noch so was wie Hausarrest kriegt." Sie fixierte jetzt mich, und mich machte das wütend. Trotz meiner Angst oder vielleicht gerade deshalb. Ich brauchte jetzt einfach eine Portion Wut.

„Das stimmt!", trotzte ich. „Aber das solltest du meiner Mutter erzählen. Ich bin nämlich hier, und auch wenn ich nur halb so alt bin wie du, bin ich gekommen, um dich zu besiegen."

„Hey!", raunte April. „Der Kerl ist gar nicht so übel. Klette, was ist, gefällt er dir auch?"

„Und ob er das tut!", lachte die jüngste der Wölfe und warf mir einen Blick zu, der mich wie einen Heuballen auflodern ließ, der cool wie ein Blindfisch durch einen Vulkan springen will. „Doch nutzt ihm das nichts. Er wird heut' verlieren. Denn kein Mut ist was wert, wenn das Herz nicht da ist!"

„Wie bitte? Was?!" Obwohl ich nicht wusste, was sie damit meinte, wurde mir abwechselnd heiß und kalt. Ich sah den Schrecken in den Gesichtern der anderen. Besonders Vanessa wurde jetzt bleich.

„Was meinst du damit?!“, zischte ich zitternd und heiser, und April, die ihren Falken liebkoste, zuckte die Achseln.

„Oh, sie meint nur, dass einer von euch noch fehlt. Marlon, glaub’ ich, die Nummer 10. Die Intuition. Das Herz eurer Mannschaft. So nennt ihr ihn doch. Aber ich kann ihn nicht sehen.“

„Herzstillstand-gecrashte-Haupteisschlagader!“

Ich konnte nicht sagen, ob ich das wirklich gesagt hatte, oder ob dieses Wort nur in meinem Kopf herumsirrte. Knisternd und krachend und ihn dabei von innen vereiste, bis mir schlecht und schwindelig wurde. Ja, Marlon war weg! Und wir, wir tauben Nüsse, hatten es verflucht noch mal gar nicht bemerkt. Marlon war weg! Er war nicht da! Er war nicht zu meiner Befreiung gekommen. Er war nicht mit uns im Pulk gefahren, und ich dachte sofort an den Baum vor dem Haus. Dem Haus von Marlons und Leons Vater.

Herzstillstand-gecrashte-Haupteisschlagader!

Ich dachte an April, die vor Marlons Fenster in diesem Baum gesessen hatte. Und ich ballte die Fäuste. Ich stieß mich vom Subwoofer ab. Ich wollte mich auf das Wolfsmädchen stürzen, da sah ich Vanessas Lachen. Es kam aus den Augen, den fast schwarzen Augen, und es sprang aus ihnen auf ihr Gesicht, wo es wie Sonnenlicht um die Mundwinkel tanzte.

„Ich bin doch schon da!“, hörte ich seine Stimme, und dann sah ich ihn: Jaah! Er kam aus dem Rücken der Wolfsformation und fuhr auf seinem BMX-Motocross-Fahrrad mit dem Tank der alten Triumph ganz ruhig und ganz lässig durch sie hindurch.

„Ich war schon da, bevor ihr hier wart", sagte er ruhig, hielt neben April und schaute ihr dabei ganz tief in die Augen. Vanessa stutzte und spannte die Muskeln. Da grinste die Nummer 10 das Wolfsmädchen an.

„Und ich wünsch euch viel Glück und vor allem viel Mut. Ja, denn Mut, den könnt ihr wirklich gebrauchen!" Er schaute zu mir und lächelte strahlend. „Worauf wartest du, Nerv?!"

„Ja, worauf wartest du, Nerv?!", lachte Vanessa wieder erleichtert.

„Bring uns nach *Donnerschlag*!", lachte auch Leon, und ich hob die Faust. Die Faust, die vom Licht des Schlüsselanhängers jetzt lavarot glühte.

„Raaah!", rief ich, „Raaah!"

Die Kerle traten in ihre Pedale. Die Wölfe bellten und stießen Wolfsschreie aus. April fixierte Marlon mit einem bewundernden, verwegenen, die Herausforderung annehmenden, zornigen Blick, den dieser – verflucht – genauso erwiderte. Dann röhrten die Quads, und auf den den Waldboden aufwirbelnden Stollenreifen jagten sie neben uns über den Kamm. April ließ ihren Falken fliegen und der hielt den Schlüsselanhänger im Schnabel.

„Auf nach *Donnerschlag*!", rief sie tollkühn und dann jagte sie neben mir und Juli als Erste durchs Tor.

Ich sah die beiden mächtigen Stämme. Ich hob meinen

Blick. Ich sah, wie sie sich über uns zu einer Krone vereinten. Ich sah die untergehende Sonne, die gerade verschwand. Dann wurde es dunkel. Bis auf das rote Licht der beiden glühenden Bälle im Schnabel des Falken und in meiner Faust. Der Boden unter uns sackte plötzlich schräg ab und es kam mir vor, als rasten wir durch einen Tunnel in die Tiefe der Erde.

Schlüpfer, Skalps und böse Geheimnisse

Ich hielt die Luft an. Ich spürte den feuchten Wind. Ich roch die lehmige Erde des Waldes. Ich sah die von Wurzeln und Pilzkolonien bizarr überwucherten Felsen in den Wänden des Tunnels. Ich sah die Gesichter der Wölfe und Kerle. Ich sah ihre Augen. Sie leuchteten, ja, sie freuten sich auf das Abenteuer. Aber sie hatten auch Angst. Eine gesunde Angst, hört ihr, die man vor einer Prüfung haben darf.

„Raaah!“, rief ich in das Röhren und Sirren der Räder und Quads.

„Raaah!“, rief ich, um die Angst und die Anspannung auszuhalten, und „Raaah!“ rief ich, „Raaah!“, als sich der Tunnel wieder hob.

Er führte nach oben, und als wir durch einen Vorhang aus Efeu aus ihm herausrasten, war ich fest davon überzeugt, wieder im Wald zu sein. Im Wald und an der Erdoberfläche. Doch ich irrte mich. Wow!

„Alice-verwundertes-Märchenland!“, staunte ich nach der Vollbremsung, die Juli und alle anderen Kerle hingelegt hatten und bei der ich gegen den Subwoofer prallte.

Und Hogwarts-gepotterter-*Donnerschlag*! Ja, das musste es sein! Das war das Stadion aller Stadien. Das erkannten wir alle: Wir befanden uns am Boden einer riesigen Höhle, die sich tropfenförmig über uns 80 Meter in die Höhe erhob. Dort, am spitzen oberen Ende fiel das Mondlicht durch die fast runde, von Felsen und Bäumen umsäumte Öffnung. Es brach sich in Spiegeln und Quarzen und wurde so auf Hadschi-ben-Hadschi–Geheimerfinder-magische-Weise zu einer fantastischen Flutlichtanlage.

Wir sahen die schräg nach oben hin steigenden Wände. An ihnen wuchsen Bäume aus den Felsvorsprüngen heraus und warfen ihre Lianen in die Tiefe. Ihre knorrigen Äste hielten Plattformen fest, auf denen man stehen und spielen konnte. Und in den verschiedensten Höhen spannten sich Brücken durch die Höhle hindurch. Der Boden von *Donnerschlag*, auf dem wir jetzt standen, hatte die Ausmaße eines Fußballfeldes und wurde von tiefen Spalten zerfurcht. Spalten, die von einem Erdbeben stammten, und vielleicht standen die Tore deshalb nicht auf dem Boden. Die hingen in 15 Meter Höhe frei vor der Wand, sodass man wie beim Eishockey um sie herum spielen konnte. Und über ihnen wehten die Fahnen mit den Emblemen der Teams: der Mannschaften, die zu den Besten gehörten, der Mitglieder der Liga von *Donnerschlag*.

Vier Fahnen wehten über jedem der Tore: Die *Biestigen Biester*, die *Fantastischen Sieben*, die *Drachen und Jaguare* und die *Sternschnuppentänzer* erkannte ich über dem Tor uns gegenüber. Dann drehte ich mich zu dem anderen um. Dort sah ich die Wappen von drei weiteren Mannschaften, die ich noch nicht kannte. Doch der Platz für das vierte Team war noch leer.

„Der Platz ist für uns“, flüsterte ich heiser und ehrfürchtig.

„Ja, oder für sie“, zischte Markus zerknirscht.

„Das glaube ich nicht!“, widersprach ihm Vanessa und deutete in die Mitte des Stadions.

Dort raste Klette gerade auf ihrem Quad über einen serpentinenartig verschlungenen Weg die Felswand hinauf auf die unterste Brücke, um sich dort zwischen die bereits auf sie wartenden Wölfe zu stellen. Sie sprang aus dem Sattel, lief zum Brückengeländer, ergriff eine Schnur und ließ die Fahne herunter, die das Logo des Meisters der Liga zeigte. Des Besten der Besten. Des neunten Teams aus dem Freestyle Soccer Contests. Die Wölfe von Ragnarök. BAAHMM!

Könnt ihr euch vorstellen, wie groß unser Schock war? Vor uns, oder besser gesagt, über uns standen die spanisch-barcelonischen-Brasilianer aus der wildesten Welt, die wir jemals betreten hatten, und wir besaßen den Hochmut und die Leichtsinnigkeit, nein, wir waren so lebensmüde, gegen sie zu spielen.

Da erhob sich April auf ihrem Quad und stellte sich auf den Lenker. Breitbeinig stolz stand sie da über uns und wir ließen es zu, wie sie uns schon allein mit ihrem siegessicheren Blick in die Spalten des Bodens stieß. Zumindest bildlich gesprochen

tat sie das, und ich, der ich für dieses Desaster die Verantwortung trug, schaute Hilfe suchend zu Marlon. Ja, irgendwie wusste ich, dass er der Einzige war, der uns noch retten konnte, und ich hörte das Raunen von Markus und Maxi und von Juli und Raban, als ich seinen ebenso stolzen Blick sah, mit dem er der Wölfin entgegentrat. Ich sah, wie Vanessa seine Hand nahm und wie Leon sich hinter ihn stellte. Nicht, um sich hinter ihm zu verstecken, sondern um ihm den Rücken zu stärken.

„Heute bist du der Boss!“, flüsterte er feierlich ernst. „Ja, und ich bin stolz darauf, dass ich dein Bruder bin.“

„Mein *kleiner* Bruder!“, grinste Marlon und legte den Arm um Leons Schulter. „Bist du wirklich so sicher, dass ich dieses Vertrauen verdiene?“

Doch als er danach zu April hochschaute, steckte er uns mit seinem Überschwang an. Auch wir fühlten uns stark, und für ein paar der glücklichsten Augenblicke meines Lebens spürte ich mich. Ich spürte mich so, wie man sich nur spüren kann, wenn man sich nicht mehr versteckt. Ich spürte die Kraft, die mein Mut in mir freiließ, so wie man das Leben spürt, wenn man nach einem zu langen Winter die Fenster aufreißt und den Frühling hereinlässt. Ich fühlte mich prächtig. Nein, wir alle fühlten uns so – bis April den Frühling mit einem Lächeln verscheuchte.

„Wow. Ihr habt also einen neuen Boss! Ich gratuliere dir, Marlon, und ich hoffe, dass es keine Geheimnisse gibt, die dieses Vertrauen entkräften.“

Sie musterte ihn mit einem spöttischen Blick, doch Marlons Finger verzahnten sich nur um so fester mit den Fingern Vanessas.

„Ich hab keine Geheimnisse“, sagte er mit ganz fester Stimme. „Weder vor Vanessa noch vor einem anderen Kerl.“

„Kerl?“, stutzte April und musste kurz kichern. „Nun, wie du meinst, Marlon. Dann nennen wir euch jetzt die Regeln:

Wir sind die Wölfe von Ragnarök und wir haben in der letzten Saison den Freestyle Soccer Contest gewonnen. Wir sind der Meister, wie ihr es nennt, oder wie wir es sagen: der Hüter des Potts. Des großen Pokals. Und weil wir das sind, haben wir auch das Recht, den Aufsteiger in die Liga der Besten zu wählen. Und heute seid ihr dran. Die Wilden Kerle, nun ja, oder das, was von euch noch übrig ist. Die letzten sieben oder sieben einhalb.“ Sie maß mich mit einem überlegenen Grinsen. „Und wo die anderen sind, kann euch Marlon erzählen. Ich mein, da es doch keine Geheimnisse gibt.“

Sie genoss kurz die Wirkung ihrer Worte auf uns.

„Aber das ist Geschichte. Daran ändert man nichts. Reden wir lieber übers Jetzt. Deshalb sind wir doch hier. Ihr spielt gegen uns und eure einzige Aufgabe ist es, ein Tor zu erzielen. Ein Tor, bevor wir fünf Tore haben. So lang geht der Test und niemand verlangt von euch, dass ihr uns schlagt. Doch das ist die oberste Donnerschlagregel: Wer im Freestyle Soccer Contest jemals zu null verliert, steigt sofort ab. Und Abstieg bedeutet das Ende der Mannschaft. Dann löst man sich auf.

Dann spielt man nie mehr und das ist absolut logisch: Denn wer, sagt mir, möchte, nachdem er einmal groß und erwachsen ist, wieder zurück in den Kindergarten?"

Da lachten die Wölfe und heulten im Chor.

„Und damit ihr versteht, wie ernst das ist, schaut in die Spalten im Boden vor euch. Dort seht ihr die Trikots und Bälle der Teams, die dieses Schicksal schon ereilt hat. Sie haben versagt. Sie waren am Ende des Jahres die Letzten. Sie haben ein Spiel zu null verloren oder sind am Aufnahmetest gescheitert. Sie waren, kurz gesagt, einfach zu schlecht. Und wer zu schlecht für *Donnerschlag* ist, verlässt es so nackt wie ein frisch geborenes Baby."

Die Wölfe heulten um April herum und ich spürte den Blick von Klette.

„Hey!", rief sie lachend zu mir herab. „Ihr werft alles da in die Spalten runter, nur nicht eure Schlüpfer. Die sammelt der Sieger als seine Skalps. Und dein Skalp gehört mir!", lachte das Mädchen. „Damit ich niemals vergesse, wie Baby Nerv nackig durch den Wald nach Hause lief."

Ich glühte vor Zorn. Doch meine Angst war noch größer und April und Klette lachten mich aus.

„Gut", lachte April. „Die anderen Regeln schenken wir euch. Die gelten erst dann, wenn ihr zur Liga gehört. Doch das ist ein Wunsch, der sich niemals erfüllt." Sie sprang zurück auf den Sattel des Quads. „Dann lassen wir euch jetzt noch ein paar bange Minuten. Danach geht es los. Dann geht's um alles!"

Sie fixierte Marlon und Vanessa.

„Es gibt sechs Feldspieler und einen Torwart. Der achte Spieler ist Ersatz, und eure Seite findet ihr dort."

Sie zeigte auf das Tor, über dem nur drei Fahnen hingen, und röhrte an der Spitze der Wölfe von der Brücke hinab auf die gegenüberliegende Seite der Höhle.

EIN LETZTES MAL WILD

Wir verstauten unsere Räder in die wie dafür bestimmten Nischen in der Wand aus Felsen und Lehm und versammelten uns danach unter unserem Tor.

Unsere Blicke schweiften noch einmal ehrfurchtsvoll durch die Höhle und fanden dann Marlon, der sich zögernd, aber entschlossen vor uns stellte. Er tauschte noch einen Blick mit Vanessa, mit Vanessa und Leon, und wandte sich dann an alle: „Ihr habt gehört, worum es hier geht. Der Preis ist so hoch, wie uns Hadschi und Willi vorausgesagt haben. Deshalb frage ich jeden von euch, ob er das Risiko eingehen will. Und ich bin euch nicht böse, wenn ihr nicht an uns glaubt. Das haben schon andere vor euch getan. Rocce und Annika spielen bei den *Drachen und Jaguaren* und Joschka, dein Bruder, bei den *Fantastischen Sieben*."

Juli wurde ganz bleich. „Wieso weiß ich das nicht?"

„Weil du es nicht wissen wolltest", antwortete Marlon ganz ruhig. „So wie wir es nicht wissen wollten. Fabi zum Beispiel – Leon, hörst du mir zu? – ist zu den *Biestigen Biestern* gegangen und Jojo sehen wir sicherlich wieder, wenn wir im

Freestyle Soccer Contest gegen die *Sternschnuppentänzer* spielen."

Er musterte uns, und als er erkannte, dass die Kraft und der Mut aus uns herauswichen wie Luft aus einem geplatzten Fahrradschlauch, nickte er mitfühlend.

„Ich weiß, wie ihr euch jetzt alle fühlt. Doch ihr musstet das wissen. Es gibt nämlich zwei Wege, die ihr jetzt gehen könnt. Ihr verlasst unsere Mannschaft und bewerbt euch bei einem der anderen Teams. Ihr geht zu den *Biestern*, den *Wölfen* oder den *Sternschnuppentänzern*. Ihr seid gut genug. Sie werden euch nehmen. Oder ihr riskiert euer Leben. Ich mein' eure Seele, euer Herz und alles, was euch etwas bedeutet, und zeigt es nicht nur den Wölfen von Ragnarök, sondern allen Ex-Wilden-Kerlen, wenn wir sie in der nächsten Saison hier in *Donnerschlag* besiegen."

Er schmunzelte zaghaft, doch als er das Leuchten in unseren Augen entdeckte, verwandelte sich dieses so zaghaft und vorsichtig ermutigende Schmunzeln in das wildeste Grinsen der Welt. Das war das Krumpelkraut-krapfenkrächzige-Piraten-Schlitzohren-Grinsen von Marlon, der Nummer 10.

„Und jetzt, da das klar ist", rief er begeistert, „begreift ihr, dass Willi nicht nur ein Trainer ist. Nein, er ist der beste Trainer der Welt. Denn wer sonst kann sich aus einem Haufen Schrott und einem wackeligen Bretterzaun die Trainingsmethode ausdenken, die die perfekte Vorbereitung für *Donnerschlag* ist? Im LT hoch zwei haben wir alles gelernt, was wir für heute brauchen. Hier spielt man den Street-Soccer im Parcours und das auch nach oben und quer durch die Luft: in allen verflixten drei Dimensionen."

„Du hast es kapiert!", erklang die Stimme von April. „Und da das jetzt klar ist, geht es schon los!"

Es folgte ein Blitz, und während des unmittelbar darauf folgenden Donners sahen die geblendeten Kerle den Ball, die silberne Kugel, den großen Bruder des Schlüsselanhängers, der lavarot aufglühte und vom Höhlendach fiel.

„Markus, ins Tor!", erteilte Marlon seine Befehle. „Leon, du gehst auf die Brücke. Schnapp dir den Ball. Vanessa und Raban, ihr besetzt unsere Flügel, und der Rest bleibt bei mir. Wir müssen erst mal rauskriegen, wie das Spiel funktioniert. Und das ist dein Job. Nerv! Los auf die Bank. Da hast du die größte Übersicht."

Doch das war leichter gesagt als getan. Zwar befand sich die Ersatzspielerbank auf einem in die Felswand gebauten Turm, doch wir waren vom Blitz noch geblendet, und alles, was wir sahen, war der rot leuchtende Ball vor einem pechschwarzen Nichts. Weder fand ich den Aufstieg zum Turm noch wusste Markus den Weg zu seinem in 15 Meter Höhe über ihm hängenden Tor. Vanessa und Raban fielen auf dem Weg an die Ränder der Halle um ein Haar in die Spalten, die den Boden durchzogen, und Juli und Maxi stießen, als sie sich für die Abwehr positionierten, sogar mit den Köpfen gegeneinander. Der Einzige, der es irgendwie schaffte, über die Serpentine in der Felswand auf die Brücke zu kommen, war Leon. Ich konnte seinen Schatten hinter dem Geländer zwar nur mühsam erkennen, doch er war da.

„Zum Teufel! Du schaffst es!“, rief ich begeistert. „Und nimm den Ball volley! Ihr Tor ist noch leer.“

Ja, und der Torjäger schien mich zu hören. Er sprang auf das Geländer der Brücke, rannte die letzten drei Schritte über den Handlauf und hob schon zum Seitfallflugvolley ab. Da entdeckte ich sie. Die Kleinste der Wölfe schwang an einer Liane aus dem pechschwarzen Nichts und drosch das Leder eine Handbreit vor Leons Fuß mit dem Vollspann aufs Tor. Auf unser Tor, unter dem Markus noch immer verzweifelt herumsprang, weil er nicht wusste, wie er hinaufkommen sollte. Ja, und so schmetterlingsflügel-traumwolken-weich, wie es sich anfühlt, wenn man selber ein Tor schießt und sich das Tornetz für einen bauscht, so spinnennetz-kakerlaken-schwammerl-eiskalt klatscht es einem ins Gesicht, wenn das einem Gegner schon in der ersten Spielminute und beim ersten Ballkontakt gelingt.

Der lavarot leuchtende Ball flog ins Netz und so, wie es sich unter der Wucht seines Aufpralls bauschte und spannte, flatterte unser Magen durch unseren Bauch.

„Das war die Eins!“, rief Klette und schwang dabei triumphierend über unsere Köpfe hinweg. „Den nächsten Anstoß habt ihr!“

Und als würde der Ball ihren Worten gehorchen, rollte er

über die Torwartplattform, die sich vor jedem der Tore befand, und fiel zu uns auf den Boden.

Markus wollte ihn wütend wegdreschen.

„Was soll dieser unfaire Teufelsdreck!“, zischte der, der sich so gern der Unbezwingbare nannte. „Da gibt es nicht mal 'ne Treppe, verflucht!“

Doch Marlon fing den Ball vor ihm auf.

„Hey!“, raunte er streng, aber ruhig und ganz freundlich. „Bleib einfach cool! Maxi wird gleich herausfinden, wie du in deine Kiste kommst.“

Er grinste verschmitzt.

„Jetzt, wo wir wieder sehen können!“

Er lief zum Anstoßpunkt, legte den Ball vor sich auf den Boden und schaute sich um. Von den Wölfen war keiner auf dem Spielfeld zu sehen. Selbst Klette war spurlos verschwunden. Nur die Liane schwang noch über der Brücke auf das verwaiste Wölfetor zu.

„Ist alles in Ordnung?!“, fragte Marlon Vanessa, als sie entschlossen neben ihn trat.

„Ja!“, nickte sie. „So wie es in Ordnung sein kann, wenn man was spielt, was man nicht kapiert, und wenn sich der Gegner vor einem versteckt!“ Sie rief den letzten Teil ihres Satzes laut in die Höhe der Höhle hinauf. Aber sie bekam keine Antwort.

„Nun“, lächelte Marlon, „wir haben ja noch drei Tore Zeit, bevor sie uns nackig und mit skalpierten Hintern aus dem Donnerschlagstadion jagen.“

„Dann sollten wir diese Zeit aber richtig genießen!“, sagte Vanessa und kickte den Ball zu ihrem Freund. Der schlug ihn mit voller Wucht zu Maxi zurück und der lief schon an. Er traf den Ball Vollspann und so flog der durch Marlon und ihn gleich doppelt geboosterte Triple M.S. auf das verwaiste Wölfetor zu.

Ich hielt die Luft an und ich hatte die Fäuste schon bis zu den Schultern erhoben. Ich wünschte mir so sehr, dass der Ball traf. Doch das konnte nicht sein. Das war viel zu einfach! Wie spielten hier gegen die Besten der Besten! Aber das Wölfetor war absolut leer und der Ball, der kurz davor war, die Schallmauer zu durchbrechen, raste direkt auf den Kasten zu. Ich begann schon zu summen. Das „Jjjjjjjjjjjjjjj!“ von einem alles befreienden „JAAAAH!“ jaulte schon auf meiner Zunge. Da sprang Gilead, der Keeper der Wölfe, aus einer Erdspalte heraus. Er griff sich ein Seil, kickte einen im Boden steckenden Pflock mit der Fußspitze weg, und das löste den Sandsack über ihm aus. Der fiel von der höchsten Brücke der Höhle und katapultierte den Torwart an seinem Seil zu seinem Tor und der Plattform hinauf. Dort riss er im Flug die Beine nach oben und donnerte den Ball in letzter Sekunde und unendlich cool aus der Gefahrenzone heraus.

„Markus!“, rief Marlon, als er erkannte, dass die leuchtende Kugel auf unser Tor zielte. „Mach es genauso!“

Und Markus hing schon am Seil. Er flog schon nach oben, sprang auf die Plattform und von dort in den linken oberen Winkel. Denn dort zielte Gileads Fußabwehr hin.

„Markus, den hast du!“, riefen Raban und Leon, und Markus griff über.

Er nahm den oberen Arm und streckte ihn aus. Er streckte die Finger und die erwischten das Leder. Doch die waren nicht stark genug. Der Ball war inzwischen dreifach geboostert und deshalb schrie Markus vor Schmerz auf. Seine Finger knickten wie Strohhalme weg und er röhrte vor ohnmächtiger, blinder Wut, als der Ball zuerst gegen den Pfosten und dann ins Tornetz schoss.

Spinnennetz-kakerlaken-geschwammerlte-Fußballgruft!

Markus lag auf der Torwartplattform und blitzte den grinsenden Gilead zornig, ohnmächtig, gedemütigt an.

„Das war die Zwei!", tanzte Klette über die oberste Brücke, und ich fragte mich kurz, wie sie so schnell dort hinaufgelangt war.

Die Wölfe, das wusste ich jetzt, spielten mit uns. Sie machten uns fertig. Doch Marlon, die Nummer 10, gab noch nicht auf. Er kannte das gar nicht. Er wusste nicht mal, wie man „aufgeben" schreibt, und deshalb zog er jetzt ein paar Schlingpflanzen auseinander und zeigte mir die Strickleiter zum Ersatzbankturm. Der wuchs fast 20 Meter über dem Boden aus einem knorrigen alten Baum.

„Gehst du jetzt hoch und sagst du uns bitte, ob du von oben die Wölfe siehst? Wir brauchen dich, Nerv!", forderte er mehr, als er bat, und so wie er mir dabei in die Augen schaute, kehrte mein Mut langsam wieder zurück.

„Ich wünsch euch viel Glück!", schluckte ich tapfer und kletterte dann in die schwindelnde Höhe.

Madig-gewuselter-Schweinemagen! Die Strickleiter wackelte und der Ersatzbankturm schwankte. Doch ich riss mich zusammen, und als ich mich endlich traute, in die Halle zu spähen, sah ich die Schönheit von *Donnerschlag*.

„Beim heiligen Fußballgott!“, staunte ich völlig begeistert. Hier wollte ich bleiben und für immer spielen. „Beim heiligen Fußballgott!“, flüsterte ich noch einmal leise und dann hörte ich seine spöttische Stimme: „Doch leider ist das nicht euer Gott!“

Ich zuckte zusammen und dann sah ich Erik, der keine zwei Meter von mir entfernt auf dem Stamm eines Baumes lag. Doch ich konnte ihn kaum von der Rinde des Stamms unterscheiden. So gut hatte er sich und seine Protektoren bemalt.

„Der Fußballgott mag keine Loser, weißt du!“, grinste der Wölfeanführer mich an. Doch ich begriff jetzt, wo sie waren. Ich hatte verstanden, wie sie sich versteckten.

„Sie tarnen sich, hört ihr!", rief ich zu den anderen Kerlen hinab. „Erik ist hier und sieht aus wie ein Baumstamm!" Ich lachte sogar über meinen Satz. „Und Baumstämme sollten wir doch besiegen!"

Da entdeckte ich Freya, das dritte Wölfemädchen. Sie war ihr Linksaußen und schmiegte sich an die Wand rechts über Vanessa. Sie verschmolz mit dem Lehm zu einer Einheit. „Vanessa! Pass auf! Freya ist über dir. Sie klebt da im Lehm!"

Und als Vanessa und die anderen die blonde Wölfin entdeckten, öffneten sich auch ihre Augen für die Tarnungen des Gegners. Run hing an einer von Efeu überwucherten Liane. Hagen versteckte sich in der Krone eines Baums. Tronje, der jetzt keine Mütze mehr trug, lugte kahlköpfig aus einer Erdspalte, wobei sich das Muster seiner Schädeltattoos perfekt an die Maserung der Felsen anpasste, und Klette sprang in diesem Moment in den Ersatzbankturm der Wölfe. Der wuchs mir gegenüber aus dem nackten Stein, und ich hatte nicht den blassesten Schimmer, wie sie dort hinaufgekommen war. Genauso, wie ich die letzte Wölfin nicht finden konnte. Aprils Versteck war einfach zu gut und die anderen Kerle entdeckten sie auch nicht.

„Okay!", sagte Marlon trotzdem und legte den Ball auf den Anstoßpunkt. „So langsam verstehen wir, was hier gespielt wird. Fixiert eure Gegenspieler. Leon nimmt Erik, Vanessa nimmt Freya, Raban Run, Juli Hagen und Maxi kümmert sich ab jetzt um Tronje. Lasst sie nicht aus den Augen. Auch wenn wir am Ball sind. Jeder muss wissen, wo sich sein Gegner befindet, und ich sichere uns gegen April ab. Wo immer die steckt!"

Damit kickte er den Ball zu Juli „Huckleberry" Fort Knox.

„Und bleibt alle cool. Wir haben noch drei Leben übrig. Drei Leben von fünf. Das ist mehr als die Hälfte."

Doch Juli war trotzdem mehr als nervös. Er spielte den Ball übereilt zu Marlon zurück.

„Verflixt noch mal Juli, was machst du da?!", rief Markus vom Tor, und Marlon, der schon auf dem Weg zurück war, verpasste den Ball. Er trat über ihn.

„Warte!", rief Leon. „Den hole ich mir!" Er trat blitzschnell an. Er fixierte die Kugel. Er rief nach Vanessa.

„Vanessa! Los! Lauf! Wir gehen über rechts!"

Doch das hieß nichts anderes als: ‚Ich spiele nach links.'

Leon grinste verschmitzt, als er am Rand seines Blickfelds erkannte, wie Freya Vanessa bereits nachsetzte. Er sah Tronje aus der Erdspalte springen, um sie noch vor der Ballannahme zu doppeln, und auch Hagen fiel aus seinem Baum. Er schwang an einer Liane einmal quer durch die Höhle, um Leons Pass abzufangen, noch bevor er Vanessa erreichte.

Und deshalb war Raban absolut frei. Er stürmte mutterseelenallein auf der anderen Seite, und Leon wirbelte zu ihm herum. Dabei holte er aus und schlug aus der Drehung einen tödlichen Pass. Der Plan funktionierte. Julis Fehler war so gut wie vergessen. Markus ballte die behandschuhte Faust.

„Ja!“, rief er. „Ja!“

Da sauste ein Schatten über ihn hinweg und im selben Moment erkannten Markus, Marlon und auch ich den Fehler, den wir in unserer Hektik und Panik über Julis Fehlpass zusammen mit Leon begangen hatten. Wir hatten Erik vergessen.

Erik, der gerade noch neben mir auf dem Baumstamm gelegen war und der jetzt an einer Liane über die Köpfe der Kerle hinweg durch die Höhle flog. Und Erik war Leons Gegenspieler. Das war eine Unaufmerksamkeit, die wir jetzt bitter bereuten. Denn Erik fing Leons Todespass ab. Er schlug ihn im Flug in Richtung unseres Tores und dort hatte sich Run, Rabans Gegenspieler, ganz heimlich und klamm in den Rücken von Juli geschwungen. Er flog Lianen behangen an ihm vorbei, erwischte den Ball kurz über dem Boden und drosch ihn von dort auf Markus' Tor. Der sah den Ball kommen. Er ballte die Fäuste. Das zwei zu null sollte sich nicht wiederholen. Er warf sich zornig in den Schuss. Er wollte den Ball zu Raban fausten. Der war immer noch frei und würde den Angriff mit einem todsicheren Tor für die Kerle beenden. Da schwang Erik an seiner Liane zurück, streckte die Beine zu einer fliegenden Grätsche und schlawenzte den Ball mit der Stiefelspitze an Markus vorbei ins Netz.

„Das war die Drei!“, jubelte Klette tanzend im Turm an der gegenüberliegenden Höhlenwand. „Es steht drei zu null. Jetzt bleiben euch nur noch zwei kleine Leben. Zwei kleine Leben,

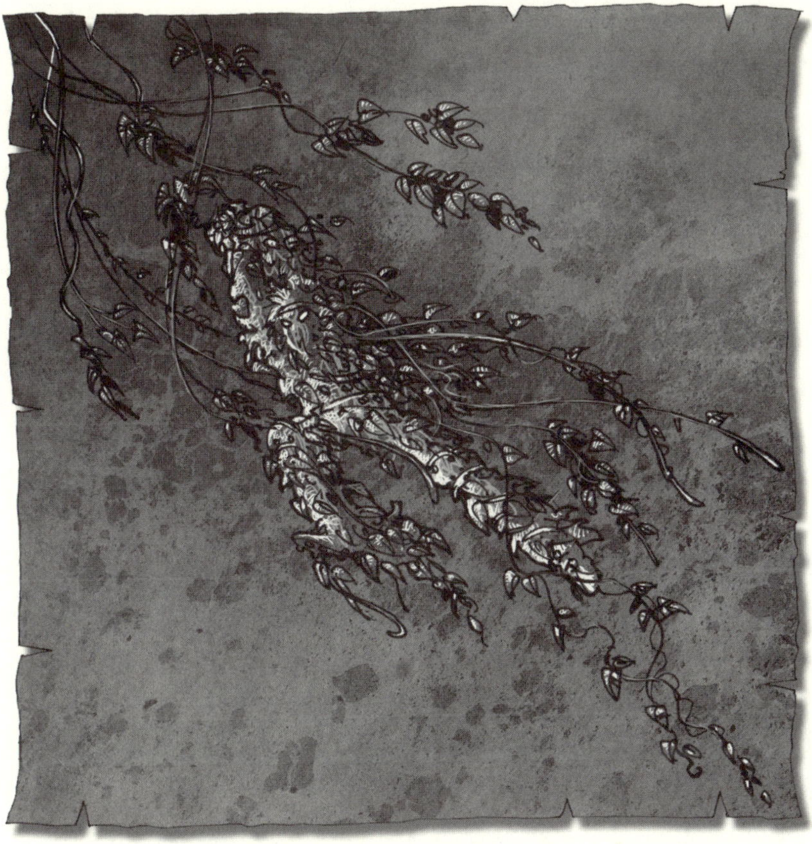

bevor ich dich skalpieren darf und nachschauen werde, ob du ein Junge bist."

Ich wurde knallrot. Ich kochte vor Wut und unter mir stritten sich Juli und Leon.

„Das war dein Fehler!", fauchte der Slalomdribbler. „Du hast den Fehlpass zu Marlon gespielt!"

„Ach wirklich?!", parierte die Viererkette. „Ich dachte, Du hast den Pass zu Erik geschlagen."

„Aber nur, weil ich deinen Patzer ausbügeln musste. Du hast die Hektik ins Spiel gebracht."

„Dann wird es jetzt höchste Zeit, dass wir uns beruhigen", mischte sich Marlon entschlossen ein. „Ihr wart beide nervös. So wie wir alle nervös sind. Ja, ich bin es auch und es wird umso schlimmer, je mehr ich bemerke, dass wir uns nicht mehr vertrauen. Leon, Juli ist für mich der beste Abwehrspieler, den es auf dieser Welt gibt, und deine Idee für den Angriff war gut. Nein, sie war genial, und ich hätte nicht anders gehandelt. Doch ich hätte dich warnen müssen. Ich hätte sehen müssen, was Erik vorhat."

„Das stimmt!", lachte Erik. „Aber seid ihr jetzt fertig? Können wir weiterspielen? Oder schmeißt ihr das Handtuch?" Der Anführer der Wölfe schwang an der Liane durch die Höhle und landete wieder auf seinem Baum. „Ihr könnt jederzeit aufgeben!", grinste er frech.

„Ach wirklich?!", blaffte Vanessa zurück. „Und gilt das für alle? Ich meine, gilt das auch für euch, wenn wir euch in der nächsten Saison aus der Liga kicken?"

Sie blitzte ihn an, doch der Anführer der Wölfe verzog keine Miene. Ihre Drohung prallte an seinem Grinsen ab wie ein Tischtennisball, den man gegen eine Dampfwalze schleudert.

„Reden kann jeder", grinste der Wolf. „Aber hier geht es um Fußball. Also, worauf wartet ihr noch?"

Da schnappte sich die Unerschrockene den wie rote Wut leuchtenden Ball und rannte mit ihm zum Anstoßpunkt.

„Auf eure Posten!“, befahl sie den anderen Kerlen. „Und geht in die Wand. Schnappt euch Lianen. Machte es wie sie! Macht es wie ich am Teufelstopfturm!“

Maxi, Juli, Raban und Leon gehorchten sofort. Sie schauten sich um, fanden die Pflöcke, die im Lehmboden steckten, kickten sie weg und schossen, von den heruntersausenden Säcken gezogen, zu den Brücken, Plattformen oder Bäumen hinauf.

„Marlon, komm her!“, rief Vanessa ungeduldig, wartete, dass er den Ball zum Anstoß berührte, jagte das Leder ohne Ansage zu Raban in die linke Felswand hinauf, rief: „Juli, wir machen die Schere!“, und sprintete selber nach rechts.

Ich verfolgte den Ball. Ich sah, wie Raban aus der Felswand schwang und dann sah ich Run. Der Wolf mit den hüftlangen blonden Rastas war längst unterwegs. Er würde das Leder vor Raban erreichen. Er holte schon Schwung, um den Ball zu kicken, da sauste Juli an ihm vorbei, passte die Kugel zu Raban und der schlug sie doppelpassvolley zu Vanessa auf die andere Seite der Höhle. Dort rannte die Unerschrockene die Serpentine hinauf, sprang aus der Wand, wirbelte wie eine Reckturnerin um einen Ast und kickte den Ball vor das Tor der Wölfe, wo Leon bereits vor Hagen und Tronje an einer Liane durch die Luft flog.

„Barcelonisch-Messianisches-Sommermärchen! Das war ein schweinsteinscher Piraten-Spielzug!“ Ich tanzte vor Freude auf meinem Turm. Da entdeckte ich Erik. Potz Blitz detoniertes Salpeterfass! Schon wieder der Kerl!

„Leon, pass auf!“, warnte ich den Slalomdribbler. „Erik fängt deinen Torschuss ab.“

„Aber ich schieße doch gar nicht!“, lachte die Nummer 13 und passte das Leder mit einem Schulbuchfallrückzieher zu seinem Bruder zurück. Der stand hinter ihm auf der Brücke und wartete seelenruhig auf den Ball. Er sprang in die Luft, holte mit dem linken Bein Schwung und schoss dann mit rechts aus dem Scherenschlag. Er zog sein Bein durch, von rechts nach links: Baahmmm! Und Gilead, der Keeper der Wölfe, tauchte sofort in die linke untere Ecke. Aber Marlon, das Schlitzohr, kippte im letzten Augenblick den Fuß und zwirbelte den Ball mit dem rechten Außenspann in den rechten oberen Winkel.

Ich ballte die Fäuste. Ich streckte die Arme und ich schrie schon das Zauberwort.

„Tor!“, schrie ich, „Tor!“ Da prallte der Ball gegen das Lattenkreuz und flog in einem eirigen Bogen zum Ersatzbankturm der Wölfe hinauf. Dort vollzog Klette mit Freya einen fliegenden Wechsel und sprang aus dem Turm. Sie köpfte den Ball einmal quer durch die Halle, und während ich entsetzt zusah, wie sie auf den Boden zuraste, um dort zu zerschellen, flog das Leder vor Markus' Tor.

„Oh, mein Gott!“, schrie ich auf. Ich riss die Hände vor meine Augen, ich entdeckte das Bungeeseil und ich sah, wie es Klette – im allerletzten Moment –, bevor sie auf dem Boden aufschlug, wieder nach oben zog.

„Oh mein Gott!“, schrie ich noch einmal völlig erleichtert. Und genauso erleichtert sah ich danach, wie Markus an den Rand der Torplattform trat, um Klettes Kopfball zu fangen. Das war ein Kinderspiel für den Keeper. Er hob schon die Hände, um das Leder zu fangen. Da hörten wir alle ein windiges Rauschen. Wir schauten nach oben und sahen, wie April aus dem Vollmond fiel. Sie fiel in die Tiefe, ergriff die Äste der Bäume, fing so ihren freien Fall aus der höchsten Höhe der Höhle Stück für Stück ab, schwang sich von einem Baum zum anderen und kickte den Ball, kurz bevor Markus ihn fing, lässig ins Tor.

„Huh!“, seufzte sie und landete atemlos grinsend neben dem völlig verdatterten Torwart. „Das war wohl die Vier. Willkommen in *Donnerschlag*!“

Sie grinste ihn an und suchte dann Marlon: „Und bevor ihr wieder zu diskutieren beginnt, geben wir euch lieber ein kurzes *Time-out*. Sagen wir vielleicht zehn Minuten? Reichen dir die, damit du noch einmal über gestern Nacht nachdenken kannst? Über mein Angebot, hörst du, und über den Kuss. Oder nein. Es waren ja mehrere. Anscheinend haben sie dir gefallen!“

Sie schenkte Vanessa ein mitleidiges Lächeln, ergriff eine Liane und schwang sich auf die Seite der Wölfe zurück.

DIE GROSSE VERSUCHUNG

Die Wölfe saßen am Rand der Plattform vor ihrem Tor, ließen die Beine nach unten baumeln und beobachteten neugierig, was wir taten.

Doch wir waren erstarrt. Wir hockten und standen noch immer über die ganze Höhle verteilt auf den Positionen, auf denen wir uns zum Zeitpunkt von Aprils Tor befunden hatten, und hatten alle nur einen Gedanken. ‚Marlon, sag bitte, dass das nicht stimmt!'

Doch Marlon schwieg hilflos. Er stand auf der Brücke und schaute immer wieder zu Vanessa hinüber. Die ignorierte ihn wütend. Sie raufte sich sprachlos die Haare. Sie war maßlos enttäuscht und weinte stumme und bodenlos traurige Tränen.

Da ging er endlich auf sie zu. Langsam und vorsichtig. Nur ein oder zwei, vielleicht drei kleine Schritte. Und obwohl sie noch 30 Meter von ihm entfernt unter dem Baum neben dem Serpentinenweg hockte, sprang sie auf und lief weg.

„Vanessa, ich bitte dich!", eilte Marlon ihr nach. Doch sie drehte sich um.

„Lass mich. Ich will dich nie wieder sehen!", schrie sie ihn an, sprang auf ihr Fahrrad, riss es auf dem Hinterreifen herum und raste durch den Efeuvorhang in den Tunnel, der aus dem Stadion führte. Marlon schaute von den sie verschluckenden Schlingpflanzen zu seinem Bruder. Er schaute zu Markus und Maxi, zu Raban und Juli, er schaute in ihre kalten Gesichter, und als er erkannte, dass keiner bereit war, ihn zu verstehen oder zumindest Erbarmen zu zeigen, schaute er schließlich zu mir.

Doch was sollte ich tun? Ich fühlte mich plötzlich, als wär ich in einen der Liebesromane meiner Mutter gerutscht.

Tortengussschmusiger Spotzentausch!

Was sollte ich tun? Ich hatte von solchen Dingen überhaupt keine Ahnung und ich wollte davon auch keine haben. Nein, davon verstand nämlich keiner was. Warum sonst wurden so unzählig viele und dazu noch viel zu dicke Bücher über diese schweinigelige Quallenpampe geschrieben? Ich meine das spotzige Kuscheln und Küssen, und warum gab es das nicht über Fußball? Warum wurden darüber nicht so viele dicke Bücher geschrieben? He, wollt ihr das wissen? Dann hört mal gut zu! Weil Fußball nämlich jeder versteht. Davon hat jeder 'ne Ahnung, das sage ich euch, und weil das so ist, wusste ich plötzlich die Lösung. Genau! Denn Fußball, das sage ich euch, ist absolut ehrlich. Da kann keiner bescheißen. Und das galt auch jetzt. Ich musste die Wahrheit von Marlon erfahren.

„Was hat sie dir angeboten?!", fragte ich ihn und ließ ihn dabei nicht aus den Augen. „Was hat dir die Wölfin angeboten?"

„Dass ich bei ihnen mitspielen kann, wenn ich die Kerle dafür verlasse", lautete seine ehrliche Antwort.

„Und dazu steh ich noch immer", rief April vergnügt. „Und jetzt, da Vanessa nicht mehr da ist, solltest du es dir überlegen."

„Du hast noch knappe fünf Minuten Zeit!", tönte Klette dazwischen und April fuhr fort: „Denn wenn du erst mal verloren hast, ist es zu spät. Dann will dich keiner mehr haben, Marlon!"

„Jetzt sind es nur noch 277 Sekündchen", rief Klette und stieß ein Wolfsheulen aus. „270, 269, 68, 67, oh, wie wollt ihr nur ohne Vanessa gewinnen? Vielleicht mit dem Pimpf? 259, oh, wie die Zeit verrinnt. 255!"

„Halt deinen Mund!" Mir platzte der Kragen. „Halt deinen Mund und meld dich erst wieder, wenn ich es dir erlaube." Ich sprang aus dem Turm und schwang mich an einer Liane zu Marlon auf die Brücke hinüber. Dort stand ich neben ihm in der Mitte der Höhle und rief zu den Kerlen: „Jetzt hört ihr mir zu. Und das gilt auch für dich, Vanessa!", rief ich zum immer noch wehenden Vorhang aus Efeu. „Falls du noch im Tunnel bist!"

Ich wusste es nicht, aber ich wünschte es mir. Ich stellte mir vor, dass Vanessa jetzt anhielt. Sie bremste ihr Fahrrad. Sie schaute zurück und sie hörte mir zu:

„Marlon ist hier. Er ist nicht gegangen. Er will nur bei uns sein und nur für uns spielen. Und das, was ihn an April so fasziniert hat, ist das, was wir selbst so gern sein wollen. Ja, wild und gefährlich, Vanessa, weil wir uns nicht mehr verstecken. Und wir sind so mikromy-nanometer-haarscharf nah dran. Habt ihr den Schuss von Marlon vergessen? Er ging gegens Kreuzeck! Ja, wir sind gut. Nein, wir sind besser als gut, und das wissen die Wölfe. Deshalb hat April Marlon geküsst und deshalb hat sie es jetzt allen erzählt. Das beweist es doch, oder? Sie hat einfach nur Angst. Ja, und was für eine Angst sie hat! Angst vor uns und vor dem, was wir werden, wenn wir erst einmal in der Liga spielen. Wenn es an uns ist, sie zu skalpieren, und wenn wir uns anschauen, ob einer von diesen Angsthasen das Zeug zu einem Kerl gehabt hätte." Ich strafte Klette mit einem trotzigen Grinsen. „Kapiert ihr das nicht? Das ist eine Intrige. Sie wollen uns trennen. Sie wollen verhindern, dass wir in *Donnerschlag* spielen, und ich hoffe, Vanessa, du kommst jetzt zurück!"

Wir schauten alle zum Eingang des Tunnels. Doch dort hatte sich der Vorhang aus Efeu wieder beruhigt, und so still, wie die Blätter jetzt hingen, war es auch in der Höhle geworden.

„Vanessa, wir brauchen dich!", rief ich verzweifelt. „Ich bin kein Ersatz. Ich habe noch nie mit euch zusammengespielt."

„Dann wird dein erstes Mal ja gleich das letzte Mal sein!", lachte Klette in meinem Rücken und hielt sich erschrocken die Hand vor den Mund. „Uhps!", spielte sie die Erschrockene. „Ich durfte ja gar nicht. Ich durfte nichts sagen. Aber ihr habt nur noch 53 Sekunden."

„Und mein Angebot steht." April erhob sich und fixierte Marlon. „Du bist genau der Spieler, der uns noch fehlt. Mit dir werden wir unbesiegbar, Marlon. Das kannst du mir glauben." Sie schaute ihn an. Sie lächelte freundlich. „Na, komm schon, komm her. Oder willst du alles verlieren? Zuerst Vanessa und dann noch dein Team. Du brauchst doch eine Mannschaft. Ohne die bis du nichts." Sie winkte ihm zu. „Und wir sind alles, wovon du geträumt hast. Und ich, ich bin so, wie Vanessa mal war."

Da griff Marlon nach einer Liane.

„Nein!", rief ich aus und wollte ihn halten. Doch Marlon schwang sich auf die Plattform der Wölfe.

„Nein!", rief ich. „Nein!" Und sah fassungslos zu, wie er direkt vor April landete.

„Ja", sagte er ruhig. „Du hast die Wahrheit gesagt. Das hab ich wirklich geglaubt, als ich euch zum ersten Mal sah. Als ich dich gesehen hab." Er schaute sie an. „Da hab ich gedacht: So möchte ich sein."

Sie hob ihre Hand und wollte ihn streicheln, doch er hielt sie fest.

„Doch ich kann nur so sein, wenn ich selber so werde. Wenn ich es selber erreiche. Wenn ich dafür kämpfe."

Er drückte ihre Hand ganz langsam weg, und ich sah, wie April sich dagegen wehrte.

„Es tut mir leid", sagte Marlon ganz fest. „Aber ich will nichts geschenkt. Keine Liga, keine Mannschaft und auch keine Freundin. Hörst du das, Vanessa?!", rief er zum Höhlenausgang. „Ich werde heut kämpfen. Ich kämpfe um mich, um uns und um dich!"

Er schaute zum Vorhang und hoffte, dass er sich bewegte. Doch Vanessa kam nicht wieder zurück. Sie war wirklich gegangen, und Klette, das Biest, zählte uns an:

„22, 21, 20, 19"

Ich biss mir nervös auf die Unterlippe.

„Marlon, was ist?"

Er stand enttäuscht da und rührte sich nicht.

„Marlon, was ist?!", rief ich noch einmal verzweifelt. Da wischte er sich mit dem Ärmel übers Gesicht.

„Was soll denn schon sein?", rief er, als wär das die selbstverständlichste Sache der Welt. „Leon, du spielst für Vanessa auf links und Nerv, du zeigst uns den Dampfhammerbooster." Er lachte mich an. „Du bist unser Mittelstürmer! Und jetzt steht nicht rum. Auf eure Posten. Los! Ich will nächstes Jahr hier in *Donnerschlag* spielen."

Er packte die Liane und schwang sich daran von der Plattform herab. Einen Augenblick später erlosch die Flutlichtanlage. Die Spiegel und Quarze drehten sich weg. Es wurde stockfinster und unter dem Geheule der kreuz und quer durch die Höhle fliegenden Wölfe erschien eine riesige Leuchtanzeige. Sie hing an der Wand rechts von den Toren und zählte die letzten Sekunden des Time-outs in einem erbarmungslosen, eisigen Blau.

FREUNDSCHAFT IST ALLES

„Drei, zwo, eins!", zählte ich leise und starrte nach oben zur Öffnung im Dach. Aus der fiel der lavarot leuchtende Ball und ich hörte noch Marlon: „Schließt eure Augen!"

Da blitzte es dreimal so hell, dass es wehtat, und als der Donnerschlagdonner ertönte, war ich schon blind. Ich sah nicht, wie die Flutlichtanlage wieder erstrahlte. Ich hielt mich nur fest, mit Armen und Beinen. Ich hing mit dem Rücken nach unten unter der obersten Brücke und hörte hilflos zu, wie der letzte und alles entscheidende Durchgang des Spiels ohne mich begann. Ohne mich, der ich doch heute nach fast zwei endlosen Jahren als Maskottchen und Zaungast geduldeter Pimpf endlich bei den Wilden Kerlen mitspielen durfte. Und das noch in ihrem allerletzten Spiel. Denn wie sollten sie diesen Aufnahmetest ohne Vanessa bestehen? Ohne Vanessa und mit einem Mittelstürmer, den es nicht gab.

Da hörte ich Marlon: „Ja, Leon, du hast ihn!"

Und tatsächlich rannte die Nummer 13 der Kerle, von Erik verfolgt, drei Stockwerke unter mir über den Handlauf des Brückengeländers und erwischte den herabfallenden Ball als

Erster. Er pflückte ihn mit dem Spann aus der Luft und ließ Hagen und Freya ins Leere fliegen, die seinen Volleypass abfangen wollten. Denn Leon, der Slalomdribbler, gab diesmal nicht ab. Er packte den Ball mit beiden Füßen und sprang mit einem Salto auf den Boden der Höhle. Dort blieb er stehen, stieg auf das Leder, schaute sich kurz in alle fünf Richtungen um – nach rechts und nach links, nach vorn und nach hinten und natürlich nach oben –, fixierte das Wölfetor und rannte dann über den von den tiefen Spalten zerrissenen Boden direkt darauf zu.

„Marlon!", rief er. „Ich brauch dich hier unten. Ich denke, es wird Zeit, richtig Fußball zu spielen. Ich meine ganz klassisch."

Er lupfte den Ball über eine der Spalten und sprang hinter ihm her.

„Leon! Pass auf! Run kommt von links", schrie Markus im Tor und zeigte alarmiert auf den Wölfespieler.

Der hing nur noch mit einem Arm an seiner Liane und schwang so knapp über den Boden hinweg, dass er den Ball erreichen musste.

Doch Leon war schneller. Mit dem linken Außenrist passte er die Kugel in die Mitte des Feldes, und ich hörte Runs Schrei, als er mit vollem Karacho an Leon vorbei und in eine der Baumkronen an der Felswand krachte.

„Alles ist gut!", rief Leon lachend und Marlon, sein Bruder, der in diesem Moment im Anstoßkreis landete, antwortete lachend. „Ja, solange du wild bist, Brüderchen!"

Er köpfte den Ball über den auf ihn zustürmenden Tronje hinweg, rutschte durch dessen Beine und schoss die Kugel im Liegen zu Leon zurück.

„Ja, kommt doch!“, rief Leon, als Erik und Freya vor ihm von den Lianen sprangen. „Zeigt euch! Spielt Fußball, falls ihr das könnt!“

Er stieg zweimal lachend über den Ball, schoss den Ball links an der ihn attackierenden Wölfin vorbei, passierte sie rechts, indem er einen Felsen als Bande benutzte, drehte sich blitzschnell, schirmte den Ball mit dem Rücken vor Erik ab und machte die Bahn frei für den aus Richtung des Wolfstores zurückeilenden Maxi. Der holte schon aus und Tronje ahnte den Rückpass, den Maxi zu Juli spielen würde. Er lief in den Raum, um den Ball abzufangen, da machte der Kerl mit dem härtesten Bumms der Welt seinen Triple M.S.-Fuß weingummiweich und ließ die Kugel ganz lässig über den Spann nach hinten rutschen. Er drehte den Fuß dabei leicht nach außen und zwirbelte das Leder so über seine rechte Schulter auf die linke Flanke hinaus und dort in den Lauf von Raban, dem Held. Der stürmte im Rücken der Wölfeabwehr, wich zwei Erdspalten über die Höhlenwand aus, lief an der senkrechten Felswand entlang und schlug, als er Hagen im Rücken spürte – Hagen, der ohne Ball schneller war –, den Pass zu Marlon in die Mitte. Der stand frei vor dem Wölfetor, doch das hing fast unerreichbar 15 Meter über ihm.

„Und was passiert jetzt?“, fragte April spöttisch und stellte sich Marlon in den Weg. „Das war ja nicht schlecht, aber die Sterne hängen da oben. Da reicht es nicht aus, wenn man auf dem Boden rumkrebst. Selbst wenn man darin der Beste ist.“

„Dann pflücken wir sie doch aus dem Himmel! Ich meine die Sterne!“, lachte die Intuition, wich Aprils blitzschneller Grätsche aus und drosch den Ball senkrecht nach oben.

„Nerv! Der ist für dich!“, hörte ich seinen Befehl. Doch ich hörte ihn nur.

„Ich kann nichts sehen!“, rief ich verzweifelt zurück. „Ich bin immer noch blind!“

„Dampfender Teufelsdreck!“, zischte Markus im Tor und zeigte nach oben, wo der senkrecht von Marlon zur Decke geschossene Ball jetzt direkt neben mir den höchsten Punkt seiner Flugbahn erreichte.

„Da oben ist Klette!“

Und jetzt sahen alle die Wölfin über mir auf der obersten Brücke, wo sie sich in diesem Moment das Bungeeseil um die Fußknöchel schnallte.

„Ihr seid einer zu viel!“, protestierte Juli sofort. „Ihr spielt ja zu acht!“

„Nein“, lachte April, kickte den Pflock, ergriff eines der Seile und sauste in den Ersatzbankturm ihrer Mannschaft hinauf. „Klette kommt für mich ins Spiel!“

„Und ich, ich bin blind!“, rief ich in meiner Verzweiflung und konnte nur sehen, wie der eigentlich lavarot gleißende

Ball in einem blass verschwommenen und unscharfen Streifen wieder nach unten zu fallen begann.

„Doch, Nerv! Das kannst du!“, widersprach Marlon energisch. „Du hast es erst gestern Abend gelernt. Denk an den Lancelot-Test hoch zwei. Da haben wir mit geschlossenen Augen gespielt.“

„Aber da lagen Sofas und Kissen neben dem Zaun!“, verteidigte ich meine Blindheit und Angst.

„Sofas und Kissen sind gut!“, lachte Klette. „Da kannst du dich dann ab heute drauf fläzen. Als Chipsmonster-Couchpotatoe-Ex-Wilder-Kerl!“

Damit sprang sie vom Brückengeländer: „Ich hab doch gesagt, du wirst mich nicht los!“, rief sie mir zu und ich schrie ein panisch verzweifeltes „Nein!“.

Ich schrie: „Kopfkissenzipfellutscher! Angsthasenfuß! Großmäuliger Pirat im Matrosenanzug! Pinke Kartoffel!“ und „Windelweichei!“

Doch da fiel ich schon neben der Wölfin her. Neben ihr über dem Ball, den ich jetzt wieder sah. Mit geschlossenen Augen. „Ha!“, lachte ich. „Ha! Ich kann ihn jetzt sehen!“

„Dann öffne die Augen und schau mal nach unten!“ Klette lachte sich tot. „Da prallst du gleich auf! Da wirst du zerplatzen! Du bist nicht wie ich durch ein Seil gesichert. Und du kannst dich auch nicht wie April an den Zweigen und Ästen der Bäume abfangen. Dann wirst du zu langsam. Zu langsam für mich!“

„Das stimmt!“, lachte ich und überholte das Mädchen. „Aber das muss ich auch nicht! Denn ich habe Freunde. Und Freunden, hörst du, kann man vertrauen! Noch mehr als 'nem Seil und 'n paar Ästen und Zweigen!“

Da sah es auch Klette: Markus, der Unbezwingbare, hatte eine der drei riesigen Fahnen über seinem Tor vom Mast gerissen, rannte mit ihr zu den anderen Kerlen und die spannten sie jetzt wie ein Sprungtuch auf.

„Das war unser Plan!“, lachte ich noch einmal begeistert, und mit dieser Begeisterung holte ich mit meinem linken Bein Schwung. Ich zog das rechte und stärkere nach und drosch die lavarote Kugel mit einem Seitfall- und Sturzflug-Flugvolley-Dampfhammer-Booster unerreichbar für Gilead in das rechte untere Eck. Dort schlug sie in das Tornetz ein, rollte quer diagonal bis in den Torwinkel hoch und bauschte das Netz barcelonisch-jah-sommermärchenhaft-Jah! und schmetterlingsflügel-traumwolken-weich für uns auf!

Ich streckte die Arme und ballte die Fäuste.

„Wir haben's geschafft. Wir gehören zu den Besten!"

Und während die kleine Klette vom Bungeeseil hochgerissen in der Höhe der Höhle verschwand, fiel ich in die Arme meiner neuen Freunde und wurde von ihnen gefeiert. Ich flog wohl ein Dutzend Mal aus dem Tuch in die Luft.

Dann sprangen wir auf unsere Räder. Ich quetschte mich in den Raketenbeiwagen, Juli stellte den „High-Noon-D-Day-Thunder-Blaster" an und mit unserem Siegessong „Alles ist gut!" rasten wir durch den Tunnel hinaus in den Wald, um Willi und Hadschi von unserem Erfolg zu erzählen. Um den Hausarrest abzusitzen und um Vanessa zu bitten, dass sie zu uns zurückkehren sollte. Doch das war nicht leicht und ist – das sage ich euch – beim tortengussschmusigen Spotzentausch und allen anderen Liebesschinken eine verflucht komplizierte andere Geschichte.